VISTA

VISTA

VISTA

VISTA

日照

枋寮坑溪

推薦序

眞情與美學的生活書寫

葉國居

時常在大報副刊閱讀劉素霞的文章，我總會特別留意，細細品讀，像是心中有所期待。看她的文章，很容易就被她帶進文章的情境裡，如同按圖索驥，脈絡清晰，不知不覺就邂逅了一篇至情至性的好文章。

她出生在農家，在物資匱乏的年代，童年經歷過一般人所未能涉獵的生活經驗。之所以喜愛她的文章，是出自於共鳴，除了文章的細膩情節外，反芻我自己年幼時農村成長的回憶，似乎有許多雷同處，讀來分外親切。她寫的散文既眞實又眞情，透過細緻的文筆，娓娓眞誠道來，每讀一篇她的文章，我彷若看到一個時代的縮影，每段回憶的情節，正是放大版的天地情懷。又像是循著她的文字，在峰迴路轉後，可以見證人性，令人動容。

每天清早，我都會閱讀數個報紙的副刊，因爲上班的關係，我通常會對副刊的文章做一粗略的過濾和分類。一種是走馬看花，我會輕輕掠過。一種是探囊取物，我會以速讀法探求作者爲文的要義。對一個忙碌的上班族來說，用短暫的時間，吸取我文學創作上的精神食糧，像是麻雀銜物作巢，取材紛陳，泥、草、竹枝皆好，不是那麼講究。不過有一天，我在聯合報副刊看到劉素霞的文章，唸著唸著，便逐字讀了起來，反覆停留思索，深怕自己遺漏了什麼似的。

那是一篇回憶的散文，我非常驚訝，她竟然可以回憶自己兩歲時候的畫面，讓人嘖嘖稱奇，感佩他驚人的記憶力。那篇「太師椅上的伯公」做仙去的時候，劉素霞才兩歲，她將那個場景裡的敏感度發揮得淋漓盡致，從棺木裡散發出來的黏稠油漆味，伴隨著號哭，久久不能忘懷。那畫面，那視覺。那味道，那嗅覺。那哭聲，那聽覺。她筆下所營造若卽若離又若隱若現的氛圍，會讓你急欲一探究竟，更會讓你欲罷不能。當所有零零落落的片段，在她巧思與精心組合下，你會看到一種文章的美學。我那天上班遲到了！但我不至於後悔，因爲那一天，我讀到一篇好的散文，認識了一個用心的作者，是多麼值得慶幸的事。

無疑的，作家或許是半天生，她在心槽中存檔的畫面，多得令人目不暇給。一個從農村生長的小孩，自然要在辛苦環境中求生存。她與祖父母、父母親的感情甚篤，也因爲父母親持家艱辛，讓子女份外難忘，所有生活上的細節，都化成爲動人的篇章，劉素霞總是能鉅細靡遺又得其精髓的描繪。我常常在想，好的文章眞的不用想破腦筋，好的題材也不用在天外求得，作家用一雙眼睛，看到別人所無法看到的一面，在瑣碎的生活細節中，在繁文縟節的人情世故上。

我是在文學場域認識劉素霞的，心中格外歡喜，她樸素眞摯，爾後我開始在臉書上留意她的動態，以免錯過她的好文。當她告訴我要出第一本書的消息時，心肝頭著實爲她高興。話說回來，她早就應該出書了，這般眞情，那般文采，我老早就想將她的文章介紹給所有的好朋友們。聊綴數語推薦，深深給她祝福。

自序

日照枋寮坑溪

〈我家門前有小溪〉，溪名枋寮坑溪，它不在屏東，而是在苗栗縣。其源頭在深山老林，林深處應有一處相對平坦的山凹小坑，也許是天然形成，也許是伐木工人挖鑿踩踏而成。此處，可以搭建工寮，可以埋鍋造飯塡飽肚腹，可以攤平四肢聊以休憩，有了遮陽避雨的屋頂，甚至可以放心過夜。那裡就是枋寮坑，曾是先民伐木的工寮所在。深林裡吸收不了的濃霧細雨滲入林地又湧出爲泉，遍野的山泉細流，匯聚於山谷，終成小溪，就此流呀流，沿途又納入無數的山泉細流，左拐右彎成一個又一個的S型，曲曲折折流到我家門前。再往下流，最終匯入後龍溪入海。

枋寮坑溪水灌溉兩旁的稻菜，只要勤勞耕種，就餓不死。我祖上從廣東來臺，六代皆賴以爲生。家母在族親稻子秋收後的閒地裡，種了很多冬季蔬菜，芥菜可醃製成酸菜、福菜、鹹菜乾，用以燒肉、燉湯，滋味甘鮮。因爲家母不服輸的個性，比一般人加倍努力，懷胎足月還在菜園沒日沒夜地澆菜，我差點被生在菜園裡，那就是我的〈鹹菜情〉。

爲了增加收穫，家父把稻田改種成茉莉花，我的童年，幾乎都在花田裡度過。摘花，是童年的我幫忙家計的工作之一，無論風雨、炙陽，不管考試或放假。在惡劣的颱風暴雨或豔陽下，長時間彎腰工作，那是一場場體力耐力與脾氣的試煉。我的〈花田童年〉，日子扎實，但不浪漫。

家父也在花田邊的畸零地，搭建菇寮種洋菇，摘茉莉花是在午後，採洋菇則在清晨，在我國中時爲期兩年，上學前幫忙切洋菇，那又是另一種農家子弟的勤奮訓練。清晨的草地露珠，有醒腦作用，無論多睏，走上田埂，總能清醒，尤其天冷時，在晨路上還會打著哆嗦。早上幫了農活，要上學不遲到，還得半走半跑地趕路。家父在有限的〈水尾田〉上，總是想辦法精耕細作，增加收入，以養活八口之家，無論採花、切洋菇，我們只是小小的幫手而已。

溪畔的童年，游泳是被禁止的。但可以玩河沙、灌蟋蟀、抓蝦、網魚、摸蛤蠣。溪畔有野蕨，有嫩筍，那是加菜的上選。大雨過後，溪水暴漲，會淹沒稻田，會沖走家前面的獨木橋，汪洋一片的溪水，還帶來爲數不少的漂流木，其中，有些是枯木，有些則是上選的好料，枯木被拾來當柴燒，有些好料則被幸運的親戚拾來製作成桌椅，而家前面的獨木橋，也是如此得來的。那些好料或許就是伐木工人在老林裡所砍下未及運走的吧。

在家家戶戶都有大灶需柴火來燒水做飯的年代，靠撿拾漂流木，當然是不夠的。親上山林伐木，是一常態。上山砍柴挑柴，是許多我鄉老年人的共同回憶，那苦那累，在每一趟往返的路上迭增，累極力虛時，無論膝下有多少黃金，都要跪下來求饒。後來，中油公司的瓦斯管線要來幫自費的住戶鋪設時，媽媽力排眾阻，就算要花錢，也要爭取燒瓦斯。大灶的年代過去了，經年累月挑柴薪折磨的腰痠膝疼之苦，卻留了下來，陪著老人家不離不棄。說起〈老灶．煙火〉那是長輩們說不完的辛酸史。

枋寮坑溪流經很多低矮的小山丘，其中一座名爲象山，是家族共同持有的祖產，祖父分得的部分，由父親繼承，在山上，多種茶樹，散種樟樹、油桐、枇杷、柚子、金桔等。在象眼象鼻處，有三座宮廟，其中一座是孔廟。我就是在這些山水、宮廟之間成長的。

少時的艱辛，也醞釀我成長的養分。這些養分都化爲我寫作的素材，那些山、水、花、果，那些人、事、物，每一個吉光片羽，每一滴汗與淚，都是。我的記憶甚至可以追溯到兩歲時。我〈太師椅上的伯公〉、〈等待〉的伯婆、〈叔婆太〉、我〈祖母的畫像〉……，那已逝先人的顰笑、言語，藉著文字，將其保留。文章寫成，我遂鬆了一口氣。彷彿，那是先人託付我的責任。

而我筆下，描述最多的，莫過我的母親，她本身就是厚厚的一本書，而我只膽寫了一部分而已。

成長的過程中，見識到父母的忙碌，我是有點畏懼的，於是逃得遠遠的，逃到外縣市讀書、工作、成家，一逃就是幾十年，一兩個禮拜或更久才回家一次。

每次回家，總是見到累得不像樣的母親，聽她無處發抒的心事與日常，平日裡無人述說，堵得她快要發顛了（家母用語）。見我回家，她情緒便有了出口，我便聆聽。

其實，母親僅僅是位尋常女性。因爲尋常，她不平則鳴，不滿則怨，有恩則報，有福則惜。然而，在尋常中，母親卻有著非比尋常的堅毅個性。其堅毅程度，鶴立於我的親族鄰里、我同學的母輩們。那種「牛逼」的精神毅力，我無論如何放眼望去，也找不到另一個。

聆聽多了，很自然就書而爲文。有一次，文章發表了，適逢母親節前夕，我回家，便念給她聽。聽完，她把報紙摺好，收起來。下一次回家，我便聽聞，母親把那張報紙，影印了數十份，發給她的老朋友看。彷彿藉由我的文字，替她述說過往的艱辛。也彷彿跟老朋友說：你們看，我的女兒會寫文章耶！渾然一種熬出頭的獻寶姿態。

聽聞當下，我是害羞的，然而，母親高興，便好。

我從母親身上挖出很多故事，寫成篇的，只是其中一部分。還有更多、更內裡的部分，我會努力精進，期許能將之一一呈現。

朋友問我：「那妳是怎麼開始寫作的？」

其實那是埋藏內心的字魔種籽，蟄伏了幾十年，一朝終於萌芽，再慢慢伸展枝葉，慢慢，慢慢地。

我記得那是在小學時，僅有的讀物，一是中央日報，再來就是課本與參考書。某次，讀到一個詞彙「名山大業」，一時令我雞皮疙瘩遍身，懵懂卻又震撼。究其實，甚麼叫做名山大業，我是不太懂的。我只是一個字一個字地閱讀。

是的，那時，我讀書很慢，是一個字一個字在啃的。

但是，文字，有某種魔力，一直在召喚我。教職生涯，在導師兼授課，一週近三十節的沉重工作中，閱讀成了奢侈的享受。某一年，授課時數突然降到一週不到二十堂，我心中的字魔，蠢蠢欲動，寫了幾篇小品文後，因緣際會進了寫作圈，認識了汪詠黛老師，不久，又得到好友淑華的引介進了私塾班，親炙阿盛老師，受其不吝指導與鼓勵，又得好友們的切磋，於是動筆的頻率增加，一篇散文的生成，從字成行，行成段，到段成篇時，才開始慢慢懂得，甚麼叫做名山大業，那是多麼崇高的境界。見到著作等身的文壇前輩時，更令我肅然起敬。他們都是我此生的標竿。

我閱讀慢，寫作也慢，第一篇小品文生成至今，轉眼已十數載，中途雖曾因故停筆數次，然，閱讀寫作仍是我教書之餘，最重要的日常，我享受並沉浸其中。

過去，幸運地，我的寫作得到先生全力的支持，我不用煮飯，無須打掃。文章寫成，先生是第一個讀者，他總是給出另一個視角的意見，並細心幫我抓錯漏字，他一直是我的忠實粉絲。他離開我到天上後，我曾一度停筆。念及他的鼓勵與成全，我再度拾筆，並曾無數次在內心跟他承諾出書。那也是他曾經對我的期許。他離開四年，我終於要出書了。

此書得以出版，要感謝阿盛老師的鼓勵、敦促與指導，感謝同學們的切磋指教，感謝遠景出版社勇於接納我，感謝好友淑華接下編輯的工作，替我接洽很多重要的事務。感謝美編英姝、建宇，提供專業的編排建議。還要謝謝葉國居老師，二話不說，幫我寫推薦序，照顧後進的熱心腸，讓我銘感五內。

當然，我還要感謝家人。感謝鹿港家人給予的溫暖與疼愛，他們也是我摹寫的對象。感謝一雙兒女的成熟體貼與獨立。也感謝娘家手足的各項支持。

而我最要感恩的，是家父母。他們永遠以行動默默支持我所有的決定，包括離家求學、婚姻、工作。家父已雲遊仙境，相信他在天上一定也笑咪咪地看著我這本書。未來的日子，祈祝家母仍能健健康康地，再跟我述說那些長長的故事。

目次

Contents

輯三

輯四

目次

Contents

日照枋寮坑溪

輯一

花田童年

茉莉香片，是我成年後最愛的飲品，當那琥珀色帶點青綠的茶湯，緩緩入喉之際，花香與茶香就在鼻喉間散開，令人心開神清。我愛茉莉香片的氣味，除了迷戀那久久不散的餘韻，更是對我的童年，那一段花田歲月的憑弔。

茉莉花期從每年六月初，到雙十節為止，大約介於芒種過後，寒露之前，這期間，茉莉花與北回歸線的太陽一起綻放生命的光與熱；並與茶葉談一場轟轟烈烈的戀愛，在它們熱情蜷繾之後，就可孕育出愛情的結晶——茉莉香片。

因為茉莉香片的市場正熱，民國五六十年代，家裡種植了茉莉花，那在河岸邊約三分地的祖傳圳尾瘦田，原本養不活一家八口，改種了茉莉花之後，據媽媽說是「收入大增」。除了可以購買全年的白米之外，還足夠我們繳學雜費，購買日用品，家境因之漸漸改善。從此我的童年，在芒種過後寒露之前，乃與茉莉花結下了不解之緣。

摘茉莉花是一種相當耗時的工作，加上茉莉花屬於蔓性半直立灌木，每年定期修剪至一公尺高左右，爲著這高度，小孩就成爲最佳代工。在花期中，每天放學都得要下田幫忙，那就更別提假日了，尤其是整個暑假，我們像打卡上班似的每天到花田摘花，但是暑假時小朋友的玩意兒可多著：河裡摸魚抓蝦、河邊搭屋野餐、藤蔓樹叢的探險、灌溉小圳的溯源、防空洞裡的抓鬼、還有抓蟬灌蟋蟀……我們盡情參與了每一項遊戲，卻總在遊戲還在進行中，就被拎回去摘花，無論如何總是逃不了那份責任。若說馴良的我也曾叛逆的話，就是那一次爲了逃避工作而躲在暗處，被找到後，最疼我的爸掄起棍子作勢要打我，我不知最後爸爸揮棍了沒，因爲我已早一步抓了花簍箭步飛出。只是那些未竟的遊戲轉化成揮之不去的落寞與空虛，加上小小的怨懟。

茉莉花冒出小蕾苞後，隨著逐日長大其顏色也從芥末黃漸漸轉白，當它在下午呈現雪白色時，當晚七八點就會綻開花瓣，香氣從花心溢出，越晚越濃烈，我們得在傍晚趁它花開之前摘下，送到茶商處，他們利用茶葉吸取茉莉花香氛薰製香片。假若失了這時，未在花開之前摘下，它的香氣，將會在一夜之間散盡。第二天，爸媽只能望花興嘆，徒呼無奈。兩天後整朵凋落的花魂奔赴泥土懷抱還几自多情與枝頭相約下一季的輪迴。花莖留不住花兒的青春，也只能在枝梢獨自憔悴。

若是適逢茉莉花盛產，那體型碩大飽滿早熟的蓄苞十點時就已經接近白色，得意地在枝頭領導風騷。一到下午滿園白花花的蕾苞，就像開滿桐花的山頭一般，讓人誤以爲是老天搞錯時序，突然在盛暑下了一場小雪在綠毯上，只是這場小雪搞得全家上下大汗淋漓。平時摘花頃全家人力，也需一兩個鐘頭，盛產時則五六個鐘頭都嫌不夠，怕有限的人力摘不了滿園成熟的白花，媽媽一早就下令：「今天十點就要下田囉！」喔，這句話像是一道聖旨，誰要是敢違逆，那就有一場「轟天雷」加持了。而且到天黑若沒摘完的話，就等於把鈔票粉碎付之塵土。對於從小在貧困中成長的我們來說，豈敢違拗？於是，漫長的摘花工程，除了避開毒辣的正午太陽做短暫的午休之外，園子裡摘花的童工們，直到月牙高掛天際了，才在暮色中結束工作，一腳高一腳低的踩著田埂路回家。

花商以重量計算花價，早上摘回的茉莉花會散失水分以至蔫萎疲軟，我們得讓花兒躺在網袋中透氣，墊以濕布放置在陰涼處，再小心的噴灑一些水霧於其上，防止水分蒸發以維持其嬌嫩。若非盛產時須提早摘花，我們豈肯早早讓花兒離枝失重？雖是童稚也懂得錙銖必較，那可是我們衣食學費的來源啊！

摘花工作不論烈日當頭，酷暑逼人；或暴雨狂傾，花田積水；還是颱風肆虐，折枝斷木，我們都得下田。腰痠背痛，加上天氣的磨難，使摘花變成痛苦的差事。於是便期待放假。但就連颳颱風下暴雨都得下田，如何放假？除非……。

當連日豪大雨，導致山洪爆發時，平日水深只及腳踝的荒溪，河面陡地升高十公尺，沿岸所有的花田及莊稼作物，無一倖免整體沒頂，那夾帶無數漂流木及莊稼的滾滾黃河，像隻張牙舞爪在江裡翻騰的怪獸，待洪水退去，有些田埂沖毀了一角，有些田地塌了一大塊，更多作物被整片刨走或是被河泥及沖積物所覆蓋。

望著洪水，父母糾結的眉心，伴隨陣陣的輕嘆，與孩童們在家嬉戲的雀躍、興奮，形成強烈的對比。爸媽喟嘆的是損失了幾千幾百元的收入，事關生計；孩童們則狂喜多出來的悠閒與自由，無關禍福。當洪水退去，滿目瘡痍中父母整田我們摘花，炙陽像是要彌補連日的缺席似的，放肆烘烤大地，那飽含水分的土壤，就像煮開水的鍋子，不斷的冒著蒸汽，我們不但要接受蒸烤，還得要忍受那一步一陷的遍野泥濘。

直到雙十節前後，媽媽看著幾乎已經沒有蕾苞在枝頭的花田只好宣布：「花期結束。」那也意味放學後我們自由囉！是的，寒露十月已深秋，茉莉花該退場了。

歲月無聲催化著萬物。待我們兄妹長大，一一離家，逃離了童年也逃離了摘花瑣事，彼時花田已老，只剩粗礪的老幹殘枝在唏噓，缺了人手的花田，廢耕終是無奈的選擇。荒草不知茉莉當年的青春盛世，還笑殘存的老枝太過蕭條。

歲月無情啊，童年歷歷如繪，數十寒暑卻已悄然滑過。

一罐醇甘的老茶

父祖都是茶農，家鄉茶園在孔廟邊的山坡地上，向陽，遠水，坡斜，只能種耐旱的茶樹。一般，茶園大多種「青心烏龍」或「軟枝烏龍」，是比較高級的茶種，比起大葉的「黃心仔」，青心烏龍，茶菁姿秀苗條，採工較貴，製成的烏龍茶價也較高。採茶靠人力，附近的婆婆媽媽，都會來換工，彼此幫忙，我也在學齡前就學會幫忙採茶。採茶工資以重量計，園主得隨時準備桿秤與筆記。

祖父製茶也賣茶。那時，茶菁採回家，製成茶葉，少數自用，大部分由祖父自行兜售，他挑著茶擔，搭火車從苗栗到臺中彰化甚至更遠的地方販賣。

手工製茶是一項艱苦的工作，在我幼年的印象中，白天，茶菁鋪在圓形茶箕上置於禾埕，藉日晒使凋萎，再移至室內靜置蒸發部分水分。茶箕是以竹篾編織，直徑約莫一點五米，平盤狀，成人雙手展開即可水平抓取移入室內箕架靜置，箕架占了半面牆壁，可平行置入十幾二十個茶箕。靜置後，茶葉從茶箕傾入大磨籃裡，由雙手反覆抓取翻拋進行「浪菁」，去生菁味並促進發酵，待茶香溢出後，便可開始揉捻了。祖父與爸爸雙手揉捻著茶菁，那動作像揉麵糰又像打太極，內力徐徐推展，看似輕柔，卻足以令人精殫力竭，汗流浹背。揉過的茶菁再經揉捻機定型後，就進入最後的煎炒製程了。工作間有一口大鐵鍋用來炒茶菁，祖父會拿著兩片半圓形的木鏟在鍋裡有節奏地翻炒，直到水分炒乾，茶葉呈褐色為止。鍋、爐的熱氣，幾乎把四周的空氣都煮沸了，我看到祖父凝在眉梢的汗珠順著眉、頰，流到胸前背後濕成一大片。

茶葉製作，從傍晚到半夜，甚至天明，一批茶葉製好，需時約一至兩天。除了戶外凋萎與室內靜置，其餘製程都需不眠不休一氣呵成。一批製完，再製下一批，直到茶季結束。由於人力有限，手工製茶無法量產，我們家的茶菁大部分還是賣給製茶廠處理。

由於採茶頗耗費人力，於是出現了手動茶剪，採茶變成剪茶。茶剪類似大型園藝剪，只是剪刀一邊有擋口，另一邊套上不收口的布袋，剪茶時，握剪的雙手中有一手同時握住剪刀柄與布袋口，操作起來就像平躺的鵜鶘在進食般，布袋五分滿了，就倒進一旁的筒形茶籃裡，茶籃八分滿了，便將之倒進大茶袋。茶袋以厚棉布製成，裝滿時約到一般成人的胸口高，再以腳踏車或機車載往製茶工廠。拿剪、施剪，都需要較大的力氣，這時茶園裡已經不再是婆婆媽媽的天下了。

但是媽媽是「女中豪傑」，別人做不來的，她照做。拿起茶剪，扛起茶袋，媽媽在茶園裡騁馳。人家都說媽媽強悍，媽媽卻說，她不得不如此。

那時，爸爸剛剛接掌家中經濟，一切從零開始，初初累積一點存款便與親友合資開設工廠，之後，就幾乎以工廠爲家，茶園的管理遂交給媽媽。因媽媽沒錢可以請工，在能省卽是賺的概念下，所有的茶事都親力親爲。偶爾我也在課餘時上山幫忙，在烈日下，我連半個小時都撐不住，媽媽卻要連續幾個鐘頭，每天這樣工作著。流的汗像淋雨，汗濕的衣服在滴水，連袖套都必須脫下來擰。那情形現在想來，我仍舊心疼。

而茶工廠初期不斷地擴建，需增資，爸爸幾乎沒有拿錢回家，一家八口的吃喝穿用，全靠媽媽張羅。一季結算一次的茶菁收入，有時遠水難濟近渴。茶剪剪不到的枝椏間，還有很多嫩菁，媽媽便起早趕晚地去手工採茶零賣。這零賣茶菁的收入，便是及時雨。

沒幾年，大型汽化茶剪機問世，它猶如牙齒長得像理髮推子的虎頭鯨，所到之處，茶株頭頂就像被理光頭般，茶菁剪下立刻被吸入鯨魚肚腹——那是兩公尺長的大茶袋。汽化茶剪的汽油得隨身揹著，機體龐大沉重，得由兩人合抬，剪完的茶菁不斷進入大茶袋，得由助手幫忙拖行。媽媽一人無法操作汽化茶剪，這時，儘管茶工廠再忙，爸爸也得抽時間回家幫忙。

爸爸開辦茶工廠後，祖父依舊三不五時地賣些茶葉。他直接從爸爸的茶工廠拿一部分自家茶菁製作的茶葉去賣，收入仍歸祖父。有一次，媽媽想送茶葉給娘家親戚當年禮，於是便從祖父取回家的茶葉中撥出一部分，用半人高的大錫罐裝了半罐，約莫十斤，放在房裡。茶園向來是媽媽管理的，從栽種、鋤草、施肥、噴灑農藥、剪茶，無役不與，她理所當然地認爲有權拿一些餽贈親友。不想，祖父回來見了，問也不問，就把那罐茶葉拿走，放在祖母陪嫁的木製衣櫥上方，那個房間在祖母過世後就長年上鎖。

媽媽知道後，很難過。那時，一方面忙於生計，一方面個性使然，家人很少交談，也許誤解很多，彼此卻以沉默強化自己的任性、合理自己的作爲。究竟祖父爲何拿走茶葉，媽媽不問，祖父也不說。沉默到後來，變成一種習慣，習慣到後來，遂變成遺忘。忘記曾經爲什麼而沉默，也忘記那一罐茶葉的存在。

幾年後，爲了在老家原地蓋洋房，需要暫時搬家。洋房蓋好後搬回，很多一時用不到又捨不得丟棄的東西，像製茶的大磨籃、茶箕，還有米籮、祖母的紅眠床、衣櫥，以及衆多的鍋碗瓢盆，都放在三樓擱著。

茶工廠替爸爸賺了一些錢，在鄉里間風光過一陣子。後來，祖父不再賣茶，我們也從孩提長成大人，並紛紛就業了。再後來，家鄉各地茶園因種種因素漸漸被廢耕，爸爸的茶工廠也歇業了，再沒多久，祖父過世。

祖父過世後又經過二十多年，一日，媽媽在三樓整理物件，突然發現當年被祖父拿去的大錫罐，信手欲旋開蓋子，然而不管多麼用力，蓋子都紋風不動。於是媽媽找來木棍沿著蓋緣敲打一陣，方才鬆動。一打開蓋子，彷彿就有一群精靈爭先竄逸而出，那是撲鼻的茶香。原來，裡面正是當年存放的茶葉，算來，竟有四十多年了。頓時，前塵往事彷彿在眼前奔騰一般，媽媽停下手邊的工作，坐在茶罐旁，一坐就是大半個鐘頭。

就在擱置老茶的角落隔壁，還有當年那個手工製茶用的大磨籃，屈指數來，大磨籃已年過耳順，竹製，高約二十公分、直徑約莫兩米上下，移動大磨籃須兩三人合抬。它參與過手工製茶的艱辛，如今卻只能閒置吊掛著，成了古董。而，那一段艱辛的歲月，終究也成了古老的過往。

風聞老茶，我回娘家時，迫不及待想見識它的眞面目，媽媽卻絮絮叨叨起老茶，以及往日的種種——那些半個世紀前，我所知與所不知的往事。

飯後，爸爸隨即泡了壺四十多年老茶，招呼我們喝，不澀、不苦，滋味醇厚，入喉後回滲絲絲甘甜，恰似父母的苦盡甘來。這罐四十年的老茶實在太珍貴太難得了，我向媽媽要，媽媽卻說快送完了。儘管我向媽媽撒嬌耍嗔，也只能得到罐底的一小部分。

不曾說出的愛

民國六十年，當我們兄妹俱讀中小學時，家裡買了第一臺雙門冰箱，是用分期付款買的，一百五十公分高、冷凍庫還會結霜的「大」冰箱，我們兄妹因著冷凍庫可以把一盆盆糖水凍成冰而雀躍不已。

那時期媽媽用瓦斯爐煮一頓飯就要用兩三筒米（量筒是鳳梨罐頭的空罐，一筒約500ml），一家八口，一上桌就像蝗蟲過境一般，三兩下掃光盤中物，而佐餐的儘只是的四季時蔬和鹹魚乾、蘿蔔乾等鹹菜，高麗菜、空心菜、豌豆、四季豆、冬瓜、南瓜，隨著季節輪番上陣，雞鴨魚肉是餐桌稀客，偶而點綴一下，一上桌就祭了我們的五臟廟；那生長在菜園裡的四季時蔬，隨吃隨摘，吃不完爛掉就當堆肥，從不需勞駕冰箱包容它的氾濫。空蕩蕩的冰箱痴心等候年節的喧鬧，其餘就像媽媽羞澀的阮囊、以及我們隨時會唱空城的肚腹。

彼時我們兄妹正值成長階段，中午吃完沉甸甸的便當，不到放學便又飢腸轆轆，回到家第一件事自是開冰箱喝冰水，再來就是掀開鍋蓋打開碗櫥找吃食。白飯是一定有的，媽媽中午刻意多煮一些，不放冰箱，以備我們放學吃點心。若有辣炒蘿蔔乾就捏飯糰，沒有配菜就淋些醬油。晚餐照樣還可再吃兩碗飯。媽媽笑說我們像駱駝，嘴巴總是在動，像永遠沒吃飽。

夏天時，吃完點心，姊姊還會把冷凍庫的一大盆糖水冰拿出來，用大湯匙使勁刮刮刮，要是剛好還有綠豆湯的話，我們就有豪華的綠豆錐冰可吃了，吃完後眞有「酒足飯飽」的滿足感。

有一次，住臺北的堂姑來訪，見了冰箱裡只有白開水、糖水、綠豆湯及少量剩菜，嘆道：「好可惜啊你們的冰箱！怎不冰一些豬肝啊、魚呀、肉的。隨時要煮都有，多方便。」我看見媽媽勉強的笑了一下，那笑容有點疲憊，又像剛放進醃菜缸的鹹菜一般苦澀。那時爸爸剛從祖父手中接下家中經濟大權，一甲多地的茶菁生產是年度最主要的收入，要從中支付全家的生活用度及五個子女的教育費，就已經捉襟見肘了，買豬肝須是有人生病，要補身體，平時哪有豬肝可以存放冰箱呢？

即便如此，爸爸還與友人籌資興建新式的茶葉工廠。工廠初初運作，還在負債階段，完全沒有盈餘拿回家。外人只知爸爸蓋了摩登新穎的工廠，不知個中辛酸，難怪堂姑這麼說。

這時期全家衣食都靠媽媽在攢，爲了不讓我們餓肚子，媽媽種菜來賣，我們自己只有一塊菜園。宗親們的稻田秋收之後閒置，媽媽就向叔伯們借地來多種些芥菜蘿蔔，放眼整片田野，瓜果菜蔬長得最肥腴碩大的，就是媽媽種的地。後來媽媽在農閒時還學習製作各種肉粽、菜包、麻糬、湯圓、年糕來賣，只是在農村，誰家沒種菜？勤樸節儉的莊稼人家又有多少人捨得花錢買這非應景的糕點？就算走個幾十分鐘到街上賣菜，一大把兩元的青菜，一天也只能賣個二三十元。雖然媽媽總是想辦法多賺一點錢，也僅僅只能換回一些桌上的魚、肉，及我們身上的夏衣冬裝。

隨著爸爸的茶工廠賺錢，家裡的經濟漸次好轉，冰箱也越換越大，而且不再是過往的羞澀乾癟，魚肉水果已不再缺席，糕點粿粽也不時進駐，臘味香腸魷魚等乾貨則是常客，似乎一直在期待著不速之客光臨，好展示它豐盛的內涵。早已熬成婆的媽媽總有本事在一個小時內變出一桌豐盛的佳餚，以饗來客。

我們兄妹一一離家後，家裡只剩父母兩老，超大容量的冰箱，毫不猶豫的接納手足從各地攜回的名產，食物消耗的速度，卻一如爸媽漸漸緩慢的新陳代謝。瓜果糕點往往只吃幾口，就說飽了，其餘送進冰箱，等待不知期的下一次青睞。後來我發現，所謂的名產也只在子女團聚時，發揮其魅力而已，爸媽的胃口只在子孫面前配合。

是不是爸媽年歲漸邁以後，記性也漸差呢，食物進了冰箱似乎就被遺忘了，冰箱常以同樣的內容迎接我們下一次的返鄉，那裡面資深的食物，儘管因鮮品大量進駐把它們逼到層層疊疊變了形仍執拗的卡著位不肯退出，我只得替它們決定去留。清出冰箱裡的所有儲存，用四大水盆裝成四座大山，其中不乏上個月或上上月買回來孝敬爸媽的各地土產，或是不知哪個月日吃過的剩菜剩飯，更多的是媽媽買來預備給我們加菜的葷腥。清著清著，總是又氣又心疼，氣的是爸媽總捨不得吃穿，心疼的是爸媽身邊沒有年輕人照顧著。唯恐過期或變質的食物進了爸媽肚裡，我常趁機用科學報導或健康資訊理直氣壯的打開冰箱汰舊換新。

喧鬧的年節過後，家裡只剩孤獨的兩老，冷清加上無邊的思念，可以享清福的媽媽又開始包粽子、做菜包，媽媽做的糕粿在鄉下已經遠近馳名了，有時訂單多得忙不完，她卻還要多做一些給兒女，再託詞冰箱冰不下，打電話召喚子女週末回家來拿，時常我們是令老人家失望的，忙碌是最好的藉口，而爸媽也總是體諒的說：「忙就不要回來，別累壞了，下次回來我再多包些粽子給妳帶回去。」有時媽媽也會叨唸著：「爺娘想子係長江水，子想爺娘無扁擔長」，我們聽到時，往往欲辯已無言。

後來才理解，每一次打開冰箱看見的滿滿儲藏，都是父母點點滴滴思念的累積，例行的勸媽媽少買一點換來的也只是：「難得你們回來嘛！」看那山一般等候我們打包的肉粽菜包，我心疼媽媽的辛苦，媽媽也總回說：「唉呀，你們不知道啦，忙碌一點日子比較好過，能包粽子才不會覺得自己老，我歡喜做啦！」

其實我怎會不知道，昔日物質的匱乏，一直是媽媽內心的缺憾，現在她藉滿滿的冰箱補償我們少年時曾經空虛的胃袋。我知道這是她拙於說出口的愛。

不曾兌現的嫁妝

媽媽出嫁時，外婆已作古多年，由外公和舅舅，送至車站。媽媽拎著隨身嫁妝，由女伴陪同，從二林坐巴士再轉火車，到苗栗站，再與等候迎娶的爸爸，一起搭乘計程車到家，完成婚禮。

新娘子過門七八天，就是農曆年了。祖母很放心地把廚房大小事都交給媳婦，自己去菜園忙活。年方二十的媽媽，獨擔大任，蒸年糕、發糕、蘿蔔糕……。用她在閩南聚落裡所看、所習的方式，蒸煮糕點。看在妯娌眼中，新奇又怪異，媽媽贏得一個她不太喜歡的稱號：歐夭仔。那是指稱閩南人。

民國四十年代，祖父常往返苗栗、二林賣茶葉，到過外公家多次以後，相中清秀勤奮的媽媽當媳婦，便與外公談這門親事。外公也到祖父家探訪過。爸媽的婚事，便由外公與祖父談定了。

外公外婆多子嗣，生下舅舅之後，夭折、流產了好幾胎。迨媽媽出生，舅舅年已二十。外婆身體瘦弱，五十多歲病故。那時媽媽才十六歲。

舅舅日治時代公學校畢業後就進了糖廠，久之，晉升主管，與舅媽生養了七個兒女，夫婦倆平日都不插手田地大小事。媽媽便成了外公四五甲耕地的當然助手，從小便幫忙，長大後就不便拂手而去工廠任職，凡插秧、除草、割稻、晒穀等，媽媽無一置身事外，等同一個不支薪的長工。工廠向媽媽招手，媽媽卻不忍心外公獨自操勞，一直到出嫁。

外公原本應允從他的四、五甲田地中撥兩分地給媽媽當嫁妝，想必外公也是有感於小女兒從小幫忙農事，不曾領過工資，權作彌補吧。婚事談得很順利。嫁妝事，卻只聞風聲，未見動靜。媽媽以為外公會在她上轎前一刻，才出其不意地拿出地契。傳統老輩人一直都是這麼含蓄的，她想。

沒想到的是，嫁妝地契就不了了之了，媽媽寒酸出嫁。不知是因舅舅、舅媽有意見，還是外公反悔，事後媽媽也從未問起。那些隨身的嫁妝，是用部分聘金買的縫紉機與金飾，以及親友與女伴們送的幾百元與幾塊布料，以後就成了媽媽僅有的應急依靠。依爸爸家族的老傳統，嫁妝，往往是衆人掂量新娘分量的依據，也是最初的印象。在衆人的灼灼目光下，媽媽是孤單的新娘，又難堪，又無奈。

初嫁的媽媽，很快就嚐到日子的艱難。那時，爸爸還在當兵，請了兩天婚假，又回部隊報到。媽媽雖是祖父母唯一的媳婦，卻沒有獨媳的寵遇，親戚們猜想，就是因爲那落空的兩分田地。

老實敦厚的爸爸，一向木訥寡言。對於嫁妝的事，有一次卻跟祖父講了重話：你難道是看上人家的嫁妝，才談這樁婚事的嗎？說得祖父啞口無言。祖父雖無言，物質欠缺與精神責難，使媽媽的日子依舊不好過。

外公過世後，娘家迢迢，媽媽數年才回去一次。我也就久久才跟媽媽回外婆家一次，掛在牆上的外曾祖父母與外公外婆的畫像，讓我感覺很陌生，很遙遠。沒有外公外婆疼惜，我感覺很孤單。而只能看畫像思念父母的媽媽，好像也很孤單。我不知道看著畫像時，她在想甚麼？

待媽媽初老，舅舅、舅媽的畫像也先後掛上。

長大後，我就很少跟媽媽回娘家了。直到近幾年，媽媽都已屆八十了，我才偶爾一兩次，應要求載她回娘家。

一次，在車上，媽媽滔滔回溯往事，我才知，外婆過世，她哭了十幾年，尤其在結婚、懷孕、生子、坐月子時，沒有親娘關注，尤其傷感。她說：回娘家不爲別的，就只要看妳外婆的畫像。媽媽說這話時，不知是否仍對那不曾兌現的嫁妝，不存在的兩分地，耿耿於懷，只感覺她特別想念外婆。

我問媽：「那兩分地的事，妳怨嗎？」媽媽說：「有甚麼好怨？」「妳曾想過要問清楚嗎？」「哎，那有那臉皮問呢？自己打拼卡實在。」

媽媽年輕時，的確爲那不曾兌現的嫁妝，付出比別人更多倍的努力，才換取差強人意的平等對待，一天工作十八小時，一年工作三百六十五天，硬生生地從無到有，賺得超越那兩分地的價值。艱難的歲月，在媽媽臉上刻畫溝渠，沉重的生活重擔，壓彎了媽媽的背脊。不知那沒兌現的嫁妝，是否曾在她心裡蝕了洞？而爸爸的忠厚老實，我們兄妹小小的成就與對媽媽的貼心，是否彌平了那洞？

到達已經沒人住的外婆老家，我們一進入正廳，媽媽眼光便落在牆上的畫像：「那就是妳外婆。」媽媽凝視良久，我拿起手機拍下來後，也跟著仔細端詳。那是五十多歲的外貌，梳髻、穿斜襟長衫的初老婦。媽媽把眼光轉移到旁邊，又說：「旁邊那是妳外公。」外公身著長袍馬褂，看起來也不老，算算，比外婆多活不到十年。

「白鬍子的是我的阿公，妳要叫他阿公太，很長壽喔。最舊最斑剝的那張像，就是我阿婆，她最疼我。畫像都這麼破舊了，不知有沒有辦法翻修……。」破舊的畫像招致媽媽濃濃的不捨。

「那穿西裝的是你舅舅，穿旗袍的是妳舅媽，妳有印象嗎？」這時，我有點擔心媽媽的情緒，但看她的表情，似乎還好。

媽又說：「妳都拍下來了嗎？這樣我回家就有得看了。」

媽媽繼續說著親人的種種，滔滔盡吐她對親人的思念。那不存在的兩分地，看來早就不在媽媽心裡了。

回娘家的一天

近年來，我每一兩個禮拜就回一次百公里外的娘家，探視年高的父母。一〇五年冬日一個週日早晨，上市場買了些爸媽的吃食用物後，即驅車上路。

半年前，我們請了一位外籍姊妹阿香來陪伴父母。之後，我回到娘家，已不用忙著操持廚務，便好整以暇地跟爸媽聊天。見媽媽頭上戴的紅色毛線帽有個小破洞，卻捨不得換下，那是妹妹買的，已經好幾年了，她說：戴起來很舒服，很喜歡。我說：喜歡就好，我來幫妳縫。可是卻一時找不到紅線可以補，便擱下。

媽媽聊起他的老友，那位住在頭屋種金桔的老友，每到冬天，便會定期摘金桔賣給我們做桔醬，媽媽則會致贈幾瓶桔醬以爲答謝，如此往來已十幾年了。金桔每週摘一次，一季可以摘七八回。今年老友金桔摘了兩回後，便停了。媽媽幾次想打電話去問候，卻又因事耽擱。一回鄰居告知，老友的獨子，原在一家金融業服務，幾日前，上班時，不幸遭闖入的搶匪槍殺了。這件事，震撼了鄉間，媽媽說，不知道該如何去慰問，心裡彷彿擱著塊大石。

老年喪子的慟，媽媽經歷過。十年前，弟弟過世，那慟，是別人替不了、補不了的，我們陪著媽媽落淚，陪著讓她心裡那道傷口慢慢長出新肉。媽媽至今都念念不忘外人的勸慰弔唁，所帶來的溫暖。

聊著聊著，媽媽便要求我載她去探訪那老友。

午飯時，阿香跟我說，媽媽前幾天提起想去剪頭髮。

於是，吃過午飯，我們便上街，剪髮、訪老友、買針線，畢其功於一役。

理髮店沒有店招，媽媽來過多次，路熟，指點我七彎八拐地進入一個社區。停好車，我攙著媽媽慢慢走，見店門關著，裡面靜悄悄，我敲門喚了幾聲，繫著圍裙的老闆娘才來應門，俐落地扶媽媽落座、開始剪髮。

媽媽頭髮幾乎全白了，也不似年輕時濃密，我看著地上的白髮，想到小時候，媽媽每次都是要回娘家的前一天才去燙髮。那家美容院，離家很近，老闆娘跟媽媽差不多歲數跟媽媽很聊得來，老闆娘總問媽媽：甚麼時候要回娘家？去幾天？要帶幾個小孩去？我無所事事，只是坐在小板凳上，看著地上的黑髮與媽媽頭上的髮捲發呆，想著我甚麼時候才會長大去燙頭髮呢？

也不知等多久，終於，拆掉髮捲，再洗頭、吹乾整型，那一頭烏溜溜新燙的捲髮，讓媽媽看起來很光鮮，感覺就像是要出門作客了。

那時候，在捉襟見肘的家用中，媽媽只能挪出僅有的一丁點來治裝、燙髮、買車票、備辦禮物。每天的家事農事已讓她疲於奔命，一兩年才能回一趟百多公里外的娘家。

剪好髮，我搶著付帳，但媽媽不依，我只好笑說，媽媽，你這麼有錢喔！臨起身，老闆娘說：「若不方便來，打一通電話，我就到您府上服務。」這話讓我好驚愕，媽媽眞的這麼老了嗎？上次陪媽媽上美容院，還是孩提，一晃，已經是多久前的事了？而時間都到那兒去了？

溜走的時間拉不回來，現在，我緊握媽媽的手，希望能抓牢一些什麼。

媽媽的老友住在一條窄巷的中段，我將媽媽載到最近的地方讓她下車。她提著兩罐自製桔醬，人情隨禮至。那老友步出居室，到屋外見客。冬陽下，我看見老人臉上蒙著強抑悲傷的霜雪，媽媽致上幾句寬慰語，像一陣暖風吹過，霜雪暫除。我想，此時寒暄與慰問不能再多了，再多就會引發水災了。

媽媽回到車上，說：「來看過，我就比較安心了。」

回到家，冬日午後的太陽還暖烘烘的，很舒服，媽媽想晒太陽，便坐在屋前的藤椅上。室外氣溫雖只有十幾度，但是涼而不寒。看她很享受的樣子，我便陪著一起晒太陽。

我趁機用買回的針線縫補媽媽的毛線帽。中學時有縫紉課，媽媽會誇我手巧，可是我卻不會爲媽媽縫補過任何衣服。一方面是媽媽年輕時也會縫紉，再方面也是我就業後常買成衣給她，並沒有機會用到針線。冬陽下，心底無閒事，偎在媽媽身旁，心裡溢滿一種單純的幸福感，眞希望，時間就這樣定格。

媽媽指著屋前稍遠處的空地，說我們小時候常常在那邊晒太陽。那時，我們兄妹一個接一個出生，衣服不夠穿，寒流來時，屋裡冷，只要太陽一出來，媽媽就叫我們出去晒太陽。即便晒太陽，我們仍凍得嘴唇發紫，終日掛著兩條鼻涕。鄰居伯母看到就出言責備媽媽：妳自己不怕冷，就不怕小孩冷死嗎？

媽媽有苦難言，在家翻箱倒櫃，但凡能穿的，全都穿上身了，再也找不到衣服給小孩穿了。只好把爸爸的軍大衣也給我們披上。

年輕時，我一直納悶，我們家有田有地，爸媽又比別人勤奮。爲什麼那時生活會這麼苦？想問清楚，結果常引來媽媽一連串的悲嘆埋怨。我怕媽媽太難過，只能見機勸慰，並剎住話題。因此，只能以捕捉到的點滴訊息加以拼湊歸納，而粗淺地了解到，家家有本難念的經，那時候的生活就是如此拮据！

後來，媽媽手邊有些閒錢了，我們婚嫁時的棉被毛毯，她一定訂製最大規格的。小孫子的衣物，也不吝惜地成套買來。或許她潛意識裡，還留存著我們凍得發抖的樣子吧。

晒了個把鐘頭，我們在太陽蔫弱前進屋。然後媽媽便開始催阿香煮晚餐，催我回臺北。我說：爸爸還沒回來，太陽也還掛著，哪有這麼早就吃晚餐的呀。她說：「吃完飯妳還要趕路，太晚了怕會塞車，給妳的東西妳趕快先拿上車，別又忘了……。」哎，又是一大堆的叮嚀。

我說：「媽，您就別催了，我並沒有要急著走，讓我多待一會吧！」

老母親與深夜廣播

媽媽很愛唱歌，尤其喜歡唱日本兒歌。

媽媽童時適逢日本政府推動國民學校義務教育，她讀到三年級時，美軍開始對臺大轟炸，學業就中斷了。戰後，未能繼續學業，便在自家田地裡幫忙，直到結婚。

媽媽出嫁前，家務有外婆與舅媽掌理，媽媽只是協助，田裡再忙，都有父兄頂著，婚後，媽媽成了祖父母唯一的兒媳，從閨女變成人媳，一夕之間，完全成長，沒有過渡期。熬成婆的祖母，家務全然放手。媽媽要煮飯、洗衣、養豬、劈柴，新婚還不到十天，就得獨自蒸年糕、煮年菜。還要田裡插秧種稻種菜，山裡種茶採茶，她得自己頂起家裡半片天。

像是高空走鋼索般，戒慎小心，仍不免挨祖母的責備。祖母會把爸爸的叔伯兄弟拿來比較，媽媽是以一當三地努力著。

有一次，媽媽帶著幾個十歲左右的小堂姑上山採茶。小堂姑使性子，偷懶、想玩，眼看一整天所獲無幾，媽媽想方設法地勸誘卻無效，最後說道：妳們乖乖採茶，嫂嫂唱歌給妳們聽。小堂姑們覺得新鮮遂起了興致。媽媽便唱著一首日本兒歌，小堂姑邊採茶邊誇媽媽唱得好，正在興頭上，豈料，祖母遠遠地聽到了，開口便罵起來：哪有人按見笑，唱起歌來了？

也許是民風太保守，也或許是村民個性太拘謹，我們這個小山村，從未聽過有人唱歌。祖母可能認為唱歌是輕浮的行為，被祖母一罵，媽媽像做錯了事般，抬不起頭來，祖母也就越發罵得起勁，很多難聽的話脫口而出。媽媽從此不敢再唱歌。

祖母在我兩歲半時過世，又過了好多年，印象中，那是個冬雨天，我已上國小，祖父與爸爸都不在家，只有我們姊妹在媽媽跟前烤著火，她在縫補著烘乾的衣服。忽然媽媽唱起我全然陌生的歌，彷彿遊戲的神情，透露出偷渡成功一般的歡悅。

後來媽媽也要我們學唱她的歌，像：某某他露桑，某某他露桑……，媽媽邊唱歌邊述說往事，藉著童謠，讓我們參與她的童年。初時我不太感興趣，並未學全，倒是後來初上小學的妹妹，很快就朗朗上口。那些歌曲，都是媽媽幼年讀國校時所學，她多年未唱，再次唱來卻自然流暢，很好聽。

媽媽讀書時，日本政府已廢除漢字教學。憑著日後的自學，媽媽識得大部分臺灣地名，看得懂六七成報紙標題。那是幫帶孫子時，督促讀幼稚園的孫子背書，她拿著童書一字一字地認，一遍一遍地學，終於記住了大部分童書裡的字。

在孫子陸續長大離手後，媽媽報名參加村子活動中心的歌唱班，她是班上年紀最長的。學唱新歌要記歌詞，歌曲有臺語、客語、日語。媽媽便用她學到的國字與幼年學得的日本假名，看歌本學唱歌。遇到不認識的字，便要我們教讀教寫，一遍一遍的練習，直到記住。媽媽用資料夾收整印在A4紙上的歌詞，兩公分厚的歌本，有很多我未曾聽過的歌曲，尤其是日文歌，媽媽都唱得興味十足，在眼力還可以應付的情況下，她一直樂此不疲，有一些年紀比媽媽還小的學員，卻一個個放棄。

媽媽學唱歌之後，才開始收聽客家電臺的廣播節目，聽廣播正好可以練歌，而電臺主持人風趣又多聞，讓媽媽聽得很開心。於是，媽媽天天入睡前都要收聽廣播，有時候人都睡著了，床頭收音機裡的廣播節目仍兀自聒絮著，我們便進房幫她轉小聲或關掉。

有一次回娘家，晚上快十點時，媽媽進房聽廣播準備就寢，半個鐘頭後卻又出來打電話，給電臺節目現場的阿蓮姐。說是要點歌。電話通了，媽媽與對方像老朋友般熱絡地聊起來，媽媽說清明節做了好多菜包以及青草粿，要請阿蓮姐，請她有空「來聊」。還認眞追問她甚麼時候來。

這是我第一次聽到媽媽跟電臺節目連線點歌，我們既好奇又訝異。媽媽說，電臺的現場節目可以叩應點歌，也可以跟主持人聊天。碰到她有興趣的主題像民俗典故、客家風情、乃至於吃素的種種，就會打電話去聊幾句，漸漸地就跟節目主持人阿蓮姐熟識起來。

阿蓮姐比媽媽小十幾歲，素食資歷四年，她尊稱素食二十多年的媽媽為大學生，謙稱自己還在幼稚園而已。媽媽被這樣尊稱，開心得很。

媽媽又說，阿蓮姐還會送貨到家裡來，那是電臺代言的商品清潔水，特價一箱兩千元，買一箱送一箱。但我回想賣場的售價，所謂特價還是比知名廠牌的產品貴上兩倍。媽媽卻以為撿到便宜而欣喜。後來，我又看到廚房裡有兩箱必須上網查才知道進口商的玻璃罐裝橄欖油，我們求證，那也是電臺的特價商品。我想，還好不是買藥品來吃，清潔水只是小事，但，橄欖油是吃進肚子裡的，那得勸阻。

事後想來，電臺人員送貨來時，適逢媽媽單獨在家，阿蓮姐與送貨員登門入室，媽媽高高興興地領貨、付帳，還請人家喝茶、吃粽子，聊天時並喜孜孜地叨絮子女的名字、職業，幾乎把我們的個資都洩漏了。她平時很謹慎，不輕易讓外人進門，卻在電臺主持人的如簧之舌下破功。我們擔心萬一來的人意謀不善，我們卻都不在身邊，她該怎麼辦呢？

後來，我們循循舉出一些在電臺賣假藥被舉發而入獄的主持人、以及一些花大錢亂買藥吃、導致洗腎的聽衆，還有某些黑心商品，標示不實，吃多了會得癌，更可怕的是，有些推銷員進門趁機洗劫財物……等等事實，用來警誡媽媽。

媽媽說她不會買藥啦，阿蓮姐是隔壁老田寮某某某的女兒，長得白胖福泰、溫良客氣，不會是壞人啦！媽媽不小心透漏，其實阿蓮姐已經來聊過幾次了。

媽媽還說，曾經有一次跟節目連線，現場唱一首客家歌謠〈倆公婆〉。唱歌時，媽媽對著電話筒唱，自己聽不見廣播聲。節目播出之後連續好幾天，那些聽過廣播的親朋鄰里，見面時都誇讚媽媽的歌喉。

媽媽聽著電臺播出她點的歌時，著實好開心，我不禁深思，向來只知道老人家要早點睡，以免血壓升高，殊不知老人家只要白天多貪一杯茶，多睡半小時午覺，或有煩心事，還是夜間尿急一次，常常就長夜難眠。在那些媽媽難眠的夜晚，我們又在做什麼呢？卽便媽媽打來電話，我們可有興致、精神在深夜陪媽媽聊客家風情，聽她唱歌嗎？

再想想，有多少次這樣的難眠夜，他們是靠著像阿蓮姐這樣的深夜廣播節目主持人，得以聊天解悶，聽歌抒懷？也許媽媽心中有一個角落，是不願子女進入，子女想進也進不了的，還眞得像阿蓮姐這樣的角色來塡充。一句恭維、一個承諾、一夜陪伴，在在都能讓老人家感到舒心與期待。

我們進入社會後，爲免於吃虧，往往被教育要有防人之心，若不幸吃了一次虧，往後就杯弓蛇影，一竿子打翻一船人，不再相信人性的美善。

看到媽媽與阿蓮姐來往，原本還十分擔心媽媽被騙，但幾年下來，媽媽仍舊興致來了就叩應聊天點歌，阿蓮姐仍舊在深夜時親切地跟媽媽聊天，她代言產品，只是賺些服務費，如此而已，我是不是過慮了？究其實，社會上還是美善多於醜惡，爲了防範那少數的醜惡，結果拒大多數的美善於千里，造成本末倒置，也非我們關懷的本意。跟媽媽在深夜聊天解悶，讓媽媽開心、日子有寄託，說起來，還是要感謝阿蓮姐呢。

我的保護神

從小拿香拜拜，過年過節拜先祖、拜佛祖，偶爾初一十五拜恩主公、土地公。也曾跟著媽媽到遠地的宮廟拜媽祖。拿著香時，我只是跟著拜，不知求也無所求，但見媽媽喃喃祈禱，我聽不清楚她在求什麼？只覺得香煙有些刺鼻好聞，但燻得我流淚。

後來，我知道有另一種神，叫天主。伯母堂姊們到附近的天主堂去祈禱，回來時，堂姊跟我講聖母瑪利亞是耶穌的母親，還講了甚麼，已經不記得了。只知道，天主、聖母、耶穌都會保佑我們。

信天主也有好處，那段時間，夥房裡有些親戚會到天主堂領麵粉、奶粉，還有各式衣物。所以，去拜天主，馬上就可以得到庇佑，得到溫飽。但我怕被祖父罵「按見笑」，所以，一直沒去天主堂，可是，我也要學會默念天主、耶酥、聖母瑪利亞。

那時，住家是簡陋的平房，廚房與浴室相隔兩個房間，以簷下走廊互通。洗澡水則須在廚房的大灶燒好，再舀至大錫桶提到浴室加冷水。大錫桶其實可以當小孩的浴桶，裝滿水，連哥哥也提不動。

在一個我學齡前後的水涼天，天色已黑，媽媽在廚房煮飯，哥哥也準備要洗澡，舀了熱水提到廚房門前簷下放著，就不見人影。而我正跟姊姊一起幫兩歲的妹妹洗澡，妹妹會說話了，咿咿呀呀說了一些好笑的事，我聽了實在太開心了，於是起身連跑帶跳地到廚房要跟媽媽說，就在昏暗的廚房門口，不知踢到甚麼東西，一下沒站穩，就跌坐到熱水桶裏。

我當下大哭，掙扎著起身，實在太燙了，太痛了，起身後，雙手忙不迭地把濕黏燙身的衣物扯掉，扯掉衣服的同時，也把身上的一大片皮膚給搭拉下來了。

我只記得衆聲痛罵哥哥，後來我怎麼被送醫治療就都不記得了。待我再度憶事時，已經在自家床上了。

接下來的日子是黑暗的。舊式瓦房，房間前後兩道小小的木條窗，採光有限。屋瓦上有一方玻璃天窗輔助採光，這樣的房間，即使白日也昏暗。

白天爸媽工作，哥哥姊姊上學，我一人在家。我不知道祖父與弟弟妹妹都去哪裡了，怎麼都不來陪我？我看著天窗一道光束直瀉而下，光束中，有小小細細的纖塵微粒，墜下，又漂走，有些就一直飄浮著。那些纖塵飄到房間暗處，就不知去向了。我睡睡醒醒，醒來時，就看著光束，看到恍神。有時也會害怕，我不知道能不能好起來，還要臥多久，很擔心自己像那些纖塵，飄一飄就不見了。

有一天，我突然想到天主、耶穌、聖母瑪利亞。一時，佛祖、觀世音菩薩，恩主公……還有我逝去的祖母，我所知道的神，都來到我心裡，我一遍遍地唸他們的名，祈求他們保佑我快快好起來。一遍又一遍。我漸漸感受到諸神保佑，內心平靜，不哭不鬧地等媽媽回家。

眾神長甚麼樣，我無所悉，當家人都不在時，我呼喚眾神，眾神便在我心裏陪伴著，讓只能趴臥，無法下床、孤單、病痛的我，有所依靠。漫漫長日，呼喚幾次眾神保佑後，媽媽就回家了。

媽媽在農園工作忙，但總會抽空回家，幫我擦藥。我鬧脾氣時，她就哄我，說：乖乖擦藥，才會長出新肉，才會快好。媽媽含著淚水，看來她也愁煩、心疼。爲了不讓她難過，我只好聽話，乖乖配合。久之，我似乎看到一些脫落的痂皮。

想必是我的天主、耶穌、聖母瑪利亞；我的佛祖、媽祖、觀世音菩薩，我的恩主公、土地公、我的祖母……我所呼喚的眾神，祂們聽到我的祈求了。

承蒙諸神保佑，我眞的復元了。

其實，媽媽並不知道，我在病中呼喚眾神保佑，那是我心裡的祕密。爾後，我常常想起那段時日，當諸神降臨時，我心裏感覺到的平安。所以只要心裏有事時，便試著呼喚諸神。

又過了很久以後，我才了悟，我所呼喚的諸神，只在心裡。實際幫我消毒敷藥，給我勸慰安撫，餵我吃飯讓我壯大的卻是媽媽。媽媽不須我祈求，她也會主動護佑我。衆神安頓我的心靈後，身體的傷卻需要實際地護理。而媽媽儼然諸神的化身，透過媽媽，諸神的保佑具體化了。究其實，我得以痊癒，媽媽應是最大的功臣。

所以，媽媽才是我的保護神，有媽媽在身邊，即彷彿諸神駕到，護我平安，佑我長大。

媽媽賊

外公家有好幾甲肥沃的耕地，也算是不愁吃穿的地主，媽媽出嫁時，嫁妝卻只有一張紅眠床，一臺縫紉機，幾件衣服，加上幾張鈔票。雖不至於像貧家女寒蹇出嫁，但與外公那些田產比起來，則相對地寡薄。所以比起嫁妝，媽媽徹底輸給我的祖母，也不如她的妯娌，總是因此被嘲諷、歧視、爲難。

掌經濟大權的祖母，家用捏得很緊，一塊錢打好幾個結，我們成長所需的衣物食品甚至生病就醫的診費，都要撙節再三。就在兒女接二連三地出生後，媽媽常自掏腰包，她陪嫁帶來的那些私房錢，便漸漸用罄。

媽媽說，有一次哥哥生病發燒，狂哭，必須就醫，但媽媽沒有錢。祖母雖然很疼愛哥哥，卻只提出一個偏方說：「蟑螂好。」她抓了一隻蟑螂，把肚子擠出來磨碎，加兩片薑，一點鹽巴，沖滾水，成了蟑螂肚湯。「喝下去就會好。」，在祖母的協助下，媽媽一手抱哥哥，一手以小湯匙舀起蟑螂肚湯，到了嘴邊時，故意一轉身，就餵到哥哥耳脖後去了。還有一次，姊姊發燒，祖母仍說蟑螂好，後來姐燒到翻白眼，手腳抽搐。醫生來看過後說：差點就來不及了。媽媽聽了，放聲痛哭。很多次類似的危機，都是媽媽自己借錢解決。還錢的時候，總得承受祖父母的叨唸。

爸爸長年在外忙碌，對我們的需求，總是透過媽媽才得悉。他的個性溫和沉默，對祖父母總是逆來順受，非得媽媽再三催促，他才會在事後幫忙爭取一些些費用。在此情況下，媽媽包辦平日的家事農事，卻沒有半點收入，連兒女就醫都不能自己作主，經常委屈得偷偷掉淚。有時就覺得這個家庭實在待不下去了，暗下決心要出走。但，走那兒去呢？娘家已經沒有父母了，年長二十歲的兄嫂要是關心的話，當年嫁妝就不會這麼吝嗇。於是想到向來疼她的南投大姊，我的大阿姨。她也的確好幾次都搭車到苗栗火車站了，卻心疼孩子沒人照顧，又折返。終於有一次，鐵了心，買了一包豬肉，帶了自家產的兩包茶葉，搭客運轉火車再轉公路局，還要走一段山路。終於到了，姨媽家卻大門深鎖，等了許久，不見阿姨姨丈回來。最後只好把茶葉塞進窗戶內，怕豬肉壞掉沒留下。那是又一次不成功的出走。

爲了能有自己支配的錢，媽媽開始偷偷賣些自己種的菜。山上種南瓜、冬瓜，只要看到幼瓜初長，便拉些藤葉遮掩，以免祖父母偶爾上山看到而追問。瓜熟了，她把菜刀藏在菜籃裡帶上山，把南瓜或冬瓜切片，挑到街上賣，有時候是賣空心菜，一擔瓜或菜賣完總可得約四五十元。跟媽買菜的都是熟識的，有些也是商家，平時都有往來，他們略知祖父母的行徑，對媽媽的遭遇頗爲同情，總是好心地捧媽媽的場。

媽媽也趁挑穀去碾時，直接賣一兩斗米給碾米廠，所得夠付清碾米的工資，可買幾把麵線、幾塊肥皂、一些零嘴糖球外，還可餘下幾塊錢。但是碾米回來，祖母總是用鳳梨罐頭空罐做的量米筒一筒一筒地細細量計著。初始，媽媽總擔心被識破，幸好一直有驚無險。

有了點錢，媽媽就去雜貨店把賒帳結清，還會買一些雜貨回來。祖母看了，總是兩眼骨碌碌地轉。後來，收電費的來了，找媽要，收醬油費的來了，找媽要，收藥費的來了，還是找媽要。媽媽好不容易存的一些錢，就這樣陸續付出去，口袋又空了。

祖母過世後，祖父接著掌財政大權。他的觀念是，自家農地的產物，像是茶菁、枇杷、木耳等，賣得的錢必須存起來，才能積累財富。而三餐吃食也都是自家田地裡產的，根本不須花錢，所以，他從不曾給媽媽家用。至於衣鞋，我們五兄妹出生成長過程，祖父只給買過兩件衣服。

祖父曾經是個佃農，在老年代裡，自耕農是很有地位，很有尊嚴的。後來祖父也成爲自耕農了，爲了維護面子，祖父不允許爸媽去幫人家做工，受外人使喚。而媽媽沒有固定收入，爲養兒女，只好靠著做工、偷賣菜來換取生活用度。這樣不依順祖父，難免發生齟齬，時間一久，也許是吵架吵厭了，也許是祖父慢慢改變觀念，媽媽做工賣菜也就被默許了。

其實，要去做小工賺錢，也得把自家的農事家事忙完。而賣菜被允准，也是因爲自用有餘，不賣也會爛掉，要自用有餘，那就得靠自己加倍努力，說其實，對祖父一點影響也沒有。至於山產像茶菁、木耳、枇杷則不准私賣，雖說那些山產也都靠爸媽辛勤種作才能收成。但，那些都是祖父的專利，一個子兒都不能少。

由於必須獨力應付兒女越來越多的費用，於是媽媽趁祖父不在家時去採茶菁，採滿一簍約十斤，早晚採一次，約可賣得百多元。枇杷、木耳產季則賣枇杷、木耳。摘完立刻上街賣，每次也可賣得百多元。回程就可買我們的日常所需，幾斤糖、幾包衛生紙，麵線、味精、蛋、肥皂……。用不完的就存起來。

在哥哥國二以前，祖父掌家裡經濟大權的年代，媽媽就這樣，一點點、一滴滴，偷偷攢下我們成長的所需。如今媽媽都已年過八旬，但是她一說起這些老故事，總是說著說著就激動起來。我們雖心疼媽媽，但想祖父都已過世三十年了，在勸慰媽媽之餘，不免也替祖父說幾句話，不說還好，媽媽一聽更加生氣。總是反覆說著那些苦日子。於是我們不再提及，但，一直感恩，幸好有這麼一位「賊媽媽」。

鹹菜情

我出生那年冬天，媽媽種了忒多芥菜，被祖母醃晒製成一甕甕的梅干菜，直到我小學畢業時都還沒吃完。梅干菜，我們稱之爲鹹菜乾。

娘家有一塊高地菜園，因爲沒有渠水流經，在抽水馬達裝設前，澆菜的每一擔水都得從低地的田邊水圳取來，走過田埂，上土坡，還要經過叔伯的果園、茶園才能到達。若水圳枯竭，還得再走下駁坎到河邊挑水。每年冬天，雨少，高地菜園幾乎每天都要挑水澆菜。

那年冬天，媽媽肚裡懷著我，雖不日即將臨盆，爲了高地菜園的芥菜，仍天天去圳邊挑水，不管晨昏或日正當中。她怕自己坐月子時，芥菜缺水會蔫萎歉收。於是每天勤快地澆水，希望芥菜能長快點，在坐月子前就把鹹菜醃好。路遠，爲了少走幾趟，媽媽的每一擔水都裝到桶滿水溢爲止。雖小心翼翼，仍每走一步、每顚躓一下，都有水晃溢而出，媽媽遂踩著濕滑泥濘的土坡，每天來回幾十趟。

那一天，冬日陽光有點烈，媽媽一早就到菜園拔草、鬆土、整地、挑水，一直忙到日正當中，卻還差幾擔水。媽媽說那時的我很不安分，在她肚子裡拱來拱去，讓她有時直不起腰來。一整個早上的腰痠，加上工作後的腿軟、渴水，還有目眩，在兩人高的土坡上，一個閃神，就滑了腳，連人帶桶絆著扁擔一路滾下。

似乎有那麼幾秒鐘，媽媽說她什麼都不知道，彷彿失去意識，陷入了黑暗深淵，感覺自己不斷下墜下墜下墜……，突然下體一陣濕熱湧現，就像大潮前的小浪，頓使媽媽驚醒過來。睜眼，只見烈日當空，除了風聲蟲鳴，四周沒有絲毫人的動靜。這下，媽媽才意識到危險，忍著痛與害怕，掙扎著爬起，一路捧著肚子跛著腳回家。三個小時後我就出生了。

如果媽媽沒醒過來，又或如果我被生在菜園裡，那眞是不堪想像，幸虧老天眷顧，母女平安。「我現在憨憨笨笨的，是不是在妳肚裡摔壞了腦袋？」我偶爾笑逗媽媽，這樣問道。「黑白講，神明保護著，妳怎會傻，算命師說你長大最會賺錢呢！怎會傻？」

後來，那滿園芥菜被祖母醃製成一罐罐的福菜與一甕甕的梅干菜。我兩歲半時祖母過世，她所醃製的梅干菜，還有一大甕，每一次開封，那特殊的鹹香酸甘氣味，總是鑽入鼻孔、撩撥我的腸胃。一捆捆拳頭大小的鹹菜，表面有些微鹽霜，握在手中，乾乾爽爽，那是它可以久藏的因素。每年，新鹹菜與老鹹菜交錯著吃，與我同歲的老鹹菜，到我上國中前，還吃得到。

之後每一年秋冬時節，媽媽仍然種芥菜。晒鹹菜時，我們姐弟總是半湊熱鬧、半被徵召地來幫忙。媽媽先在田裡把芥菜砍下，就近在渠邊稍事清洗，那跟籃球一般大的芥菜在田裡曝晒一天，晒到蔫軟可壓不易折斷時，就用米籮裝著抬回家。我們學媽媽抓把粗鹽搓揉芥菜，搓呀揉呀，直到鹽巴溶化滲入，芥菜看似「水種翡翠」時，才一層芥菜一層鹽地依序擺進大甕缸裡。我跟姊弟們早已洗過腳晾乾等著踩鹹菜，媽媽囑我們使力，輕重交替、疾徐有致地在每一層芥菜上踩踏，直到甕缸滿了，再在芥菜上頭以大石塊壓住，加上蓋子，放在三合院廊下。每年冬天，總要如此醃製好幾缸。我們家的陶缸只有半人高，隔壁伯母家用的是跟成人一般高的大木桶，進出需靠梯子，兩三個大人小孩可同時進去踩踏，我見過，伯母家人踩完整桶酸菜，腳板紅腫，兩腿痠軟得不自主地顫動呢。

不兩日醃出了水，芥菜在鹹汁液中泡著，趁暖陽出來時，打開蓋子，讓芥菜做日光浴。晒過冬陽的芥菜慢慢發酵，待鹹菜汁上浮著一層泡沫，芥菜慢慢變黃時，氣味也隨之變得酸香。待顏色轉成芥末黃時，也是它的酸香滋味最飽滿時。此時最適合煮酸菜肉片湯，或是五更腸旺，客家辦桌也常用這酸菜煮豬肚湯。牛肉麵店將之切碎當小菜，襯托厚片牛肉的鮮甜美味；刈包店則用爲餡料，使三層肉肥腴爽口油而不膩。沒有酸菜當最佳配角，牛肉麵與刈包都將失色不少。

酸菜經過不同程度的曝晒，可製成福菜或梅干菜。我們將其晾掛在廊下或院子裡的竹竿上曝晒，曝晒半天過後，酸菜還要翻面，經過陽光的愛撫，堅實的菜心也變得柔軟了。在屋裡的大人時不時總要探頭往外瞧瞧，以嚇阻有人路過偷吃或順手牽羊。其實，小孩偷吃鄰家鹹菜，誰沒有過，若聽聞哪家媽媽大叫：「誰偷吃我家的鹹菜啊？也不怕鹹死了！」哈哈，大家心照不宣。且看哪家孩子回家猛灌開水的，就是他了。

一如誰小時候沒拉過幾條蛔蟲一般，誰沒偷吃過鹹菜？像隔壁阿福，鹹菜沒少偷吃，蛔蟲也沒少拉幾條，就曾有一次，他蹲在茅廁大號時，鬼叫鬼叫地呼號，原來是一大坨蛔蟲卡在肛門口吊單槓，阿福嚇壞了，聽聞的小朋友也無不驚嚇，但沒人取笑，大家都摸摸自己的肚子，害怕自己就是下一個。阿福的哀號，驚動了婆婆媽媽，有人用兩大片粗竹片幫忙夾出，那坨蛔蟲，成了驚世傳奇，那份痛苦驚險，彷彿也成了大家共同的經驗。

往後，有婆婆媽媽就福至心靈地放話啦，「是誰偷吃鹹菜呀，也不怕博蛔蟲，拉不出！」那一陣子，偷吃鹹菜的事，眞就少了些。

曬鹹菜時若淋到雨可能會發餿，走味。一旦下起雨來，只要有哪家正曬著鹹菜，見著的人都會大聲呼喊幫忙搶救，即使兩個鐘頭前還在吵架的鄰居，也會一雨泯恩仇，不分彼此地齊心協力搶收鹹菜。

鹹菜晒到六七分乾左右就是福菜了，媽媽早就洗淨晒乾很多紹興酒瓶，選個乾爽晴朗的午後，把小孩找齊了，一人一支酒瓶，一支特製的長竹筷子。先把過多的福菜葉剪掉，福菜梗拆撕成小孩指頭粗細，以便塞入瓶中，用長竹筷壓緊至不留一絲縫隙。紹興酒瓶腹大口窄，空氣不容易進入，裝罐好的福菜倒置於陰涼牆角，如此放個幾年都不成問題。食用時，用粗鐵絲做成鉤狀，深入酒瓶掏勾，可放入排骨湯裡同熬或與肉片搭檔。媽媽就常常拿來作爲餽贈親友的禮物。

媽媽知道她做的福菜頗受親友歡迎，每年秋冬，就更勤於栽種芥菜。外公外婆過世得早，失去怙恃使媽媽受到某種程度的歧視，彷彿沒有親人照拂的孤兒般。年節廟會時親戚走動的冷熱，也是日後親戚間掂量分量的依據。所以，只要媽媽得知有娘家人要來，便早早就準備好福菜等候著，並旋旋提醒著我們，哪些是要給舅舅阿姨哪些是要給叔公叔婆的。這些福菜彷彿是媽媽的宣告：我不是孤兒，我是有娘家、有依靠的。

福菜晒到乾透時就成了梅干菜，把它捆成一把把密封在陶甕裡或裝袋收藏，只要不受潮，就可以存放久久風味不變，開甕就能聞到梅干菜特殊的酸香氣味，燉爌肉燉蹄膀蒸獅子頭或炒苦瓜蕨菜，都是絕配，與高湯筍干搭配，更令人垂涎。

過傳統年節時，常有一大鍋熬煮全雞與五花肉的高湯燉煮的鹹菜筍干，經由高湯的漬煮熬燉，那鹹菜酸甘的滋味，光是聞，就令人猛吞口水，使吃膩了大魚大肉幾乎癱瘓罷工的腸胃，頓時甦醒蠕動起來，非吃個兩大碗，是無法干休的。媽媽知道我們愛吃，往往煮上一大鍋，我們正餐時吃，半晝夜嘴饞時也吃，一大鍋不消兩天便見底了。鹹菜與筍干都是個性強烈的食材，非得要有豪邁的大鍋高湯，才能調和成馥郁的滋味，那是節慶的氣氛，也是媽媽的味道。

記得小學時，有一回，在氤氳的廚房中，媽媽正爲年節忙得不可開交，我卻因小事去鬧媽媽，媽媽無暇理會我，小小年紀的我竟然用激將法道：「你只疼姊姊不疼我」，媽媽一聽，走過來「啪」一巴掌打來，我傻了，媽媽從不打我的，她是那麼疼子女，我竟然說她不疼我，許是氣極了吧，一巴掌打下來，連她自己也傻了，她慌忙地從一大鍋熱滾滾的鹹菜筍干裡，夾出一粒雞子哄我。小小的雞子，常常夥同其他雞下水與鹹菜筍干同煮，那些雞下水可是要裝盤上桌的。以後，每一次吃著鹹菜筍干時，我總是暗暗地想著這一段往事。

初爲人媳時，進入一個生活習慣完全不同的家庭。年夜飯的滿桌子佳餚，卻沒有一道鹹菜筍干，一股濃濃的鄉思湧起。想著，往後，我將不再在娘家過年了。在歡愉的氣氛中，美味的年菜，卻哽著入喉。後來，我把鹹菜筍干介紹到婆家來，但，不管怎麼煮，總覺得少了些媽媽的味道。

媽媽還有一道私房菜，鹹菜鯊魚丸，在別處從未吃過。在連續的雨天不用到園裡忙活時，媽媽可以「過家聊、打嘴鼓」，也才有興致有功夫做這道菜。她先把一大塊鯊魚去皮切塊，再剁碎，然後拌合細細切碎的梅干菜，調入些許鹽與胡椒，循同一方向攪拌，然後用大湯匙舀出一匙，搓揉成團再壓扁，入鍋煎。媽媽往往在起鍋後，挾一塊給我們解饞。平日沒有零嘴，這一塊鯊魚丸，簡直是豪華的點心，我們捨不得囫圇吞下，便小口小口地細細咀嚼，舌尖留戀那份鹹香鮮甜，非得讓味蕾的每一個細胞都充分享受後，再慢慢吞嚥。吃著鯊魚丸的雨天午後，洋溢著飽滿的情緒。

高中時負笈外地，常常爲了省錢捨不得多吃，媽媽偶爾會爲我煎鹹菜鯊魚丸，用玻璃罐裝著，讓我帶去宿舍。宿舍沒有冰箱，媽媽用胡椒與米酒調味並防腐。那一個禮拜，至少有三四天，我可以省錢省得抬頭挺胸又吃得像樣。

遠嫁高雄的么妹，有時嘴饞了，就特別想念媽媽的味道，回娘家前便先點菜，央請媽媽煎鹹菜鯊魚丸。住娘家附近的姊姊，捨不得媽媽勞累，總加以勸阻，我則附和妹妹。唉，姊姊有所不知，遠離家鄉後，這些滋味都成了難以取代的鄉愁啊。

如今，年過八旬的老母，在我們的勸阻下，已經減少很多農務勞動，但，年節應景的食蔬，她還是不肯放過，冬天的高麗菜芥菜蘿蔔，仍然一種就是一大片。偶而還會說起我差點生在菜園的往事，一旦說起來，仍然激動又感慨。每當這時候，我就會摟摟媽媽，哄哄她，說：「因爲知道您那麼辛苦，所以我們是生來報恩的啊。」一句話就讓她眉開眼笑，其實，媽媽眞的很好哄，很知足。

媽媽的腰桿子已不若往昔那麼直挺，反應、動作也不若以往俐落，過去騎機車去菜園曾經摔了幾次，今已改騎電動三輪車，儘管如此，她仍心心念念要多種些菜分給子女，冬天也還想晒些鹹菜。對此，姊妹間有了不同的意見，姊姊揚言不再吃媽媽種的菜了，以此力反媽媽繼續種菜。她的耽慮我明白。而，我也害怕有那麼一天，母老、甕空、家園將蕪。可是，現在又有甚麼能讓媽媽覺得這把年紀了，還仍然「有用」呢？這樣的成就感與存在感已成了老年生活的重要寄託了。我想，媽媽高興做甚麼，就讓她去做吧。

假日回娘家時，見媽媽趁太陽稍稍奄弱，又要去菜園了，我趕忙陪著。在菜園裡，我們一步一步，慢慢走。而，此時，夕陽仍然金燦燦。

輯二

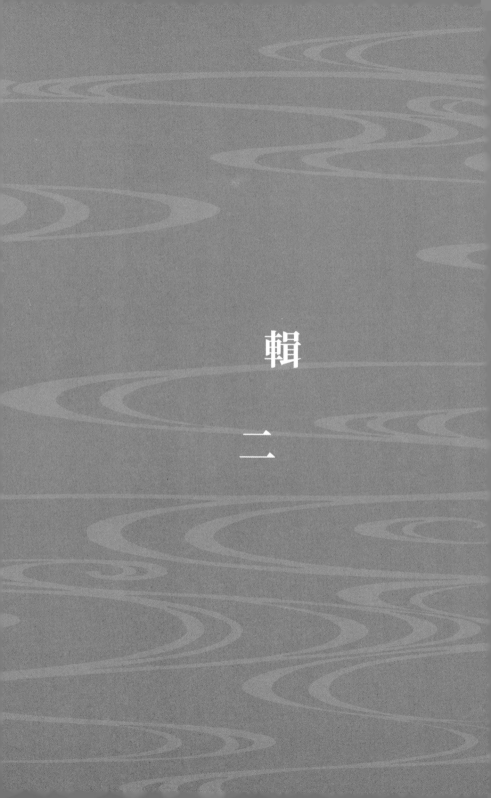

在蘭新高鐵上

朝辭蘭州母親河，夕至敦煌莫高窟，拜蘭新高鐵之賜，千里絲路一日還。我的絲路行，從蘭州單點進出，先搭高鐵前往莫高窟，再搭巴士逐點回遊。蘭新高鐵，以時速兩百二十公里在青藏高原上前進，是一項新體驗。

而我搭乘蘭新高鐵的第一印象，便是禁菸宣導。

上車放好行李，才剛入座，便見車掌與服務員到車廂內，對著旅客，語氣鏗鏘、態度堅定地宣導高鐵車廂內的禁菸規定。違者法辦，輕則罰款幾千元人民幣，重則留置調查。

在臺灣，禁菸只要貼禁止標誌，或以廣播宣導就夠了。大陸吸菸人口眾多，無菸環境的概念初萌，要徹底禁菸，就得大費周章，以致每一站都要重複一兩次禁菸宣導。據說這些工作人員，幾乎都是維吾爾族。且看他們身材魁梧，語調鏗鏘有力，禁菸絕非浪虛一招。

高鐵站每一站停留僅約三分鐘，對於菸癮發作者，是解不了菸癮的。甘肅省的嘉峪關站，是中途大站，停車六分鐘，只見百多癮君子在月臺上解菸癮，彷彿煙霧彈炸開，我下車照相，卻置身煙霧縹緲中，沾了一身菸味上車。

高原強風是蘭新高鐵的剋星。大量的擋風牆與明隧道便發揮顯著功效，車體前進時，由打到玻璃窗上的雨珠，迅速甩尾消失，便知風速與車速之疾。但在車內卻感覺穩若靜止。我們便玩起在窗臺上豎立硬幣之實驗。可惜，沒成功。

六個多小時的車程，民生問題如何解決？前一天導遊小薛已再三提醒，高鐵便當一個需人民幣四、五十元，又貴又難吃。我原本想體驗看看，聽此一說，便作罷。

高鐵備有餐車，我以爲像餐廳一樣，乘客可以在那裏點餐用餐。走去一看，原來只是一個兼賣特色商品的狹仄售餐櫃臺。商品中有一本退市、不再流通的人民幣集冊，裡面有面值一百、五十等各面值的鈔票一套。售價兩千元人民幣。不能流通的人民幣，成了商品，比流通的人民幣還値錢。十幾億人口用過的退市鈔票，那可是無法計算的錢母啊？

回到座位，看到某個團友買了高鐵便當，衆團友聞訊紛紛過來拍照，賣相的確不討喜，衆問：吃起來，如何？他笑道：「那就別提了。」只見便當上鋪著薄薄小小幾片紅燒牛肉。我往外看，見祁連山下，牛羊成群，怎麼放在便當裡，卻這麼小氣？

也許，這就是蘭新高鐵上，衆多乘客吃泡麵的原因吧。只見用餐時間，一個個端著加了熱水的泡麵碗羅列行走。在這麼高級的火車上，衆乘客一起吃泡麵，也是一奇。我沒吃泡麵，感覺味蕊上還記憶著一大早吃的蘭州拉麵，我不想讓它這麼快就被其他滋味覆蓋。

現代人，解決三餐還不容易？倒是張騫通西域時，他吃喝些甚麼呢？他茹毛飲血嗎？還是他的匈族奴僕幫他料理漢食？

一路上，看到壯闊廣袤的沙漠，沙漠中點綴著綠洲，不用風吹草低，也看得見成群的牛羊，有數不勝數的風力發電。連綿的綠帶中，長著青稞、油菜花，玉米等作物。那連綿廣袤的油菜花田，彷彿休耕時的嘉南平原放大版。沙漠區黃禿禿的山連著黃濁的溪流與旁邊的油菜花田，也彷彿放大版的臺灣火炎山與大安溪及溪岸的田。

處於放大版的土地上，儘管只是沙漠中的綠洲，還是大得令人震撼，高鐵這麼快速前進，而沙漠、綠洲卻走也走不完，彷彿沒有止盡。在這樣沒有框架的大地上，讓我超想變成巨鵬，飛起來。

而，一路上，人煙稀少，只有零星回民的平頂建築點綴其間。卻，只見其房，不見其人。其中還有高比例的屋宅顯得頹圮破敗，似久無人居，這些回民，都飛走了嗎？這樣天寬地闊，到底是回民的資產還是包袱呢？

初來乍到，一切於我皆是新、是奇，我狂喜地拍照。嫌按快門的速度太慢了，我索性打開錄影。如此，幾個鐘頭下來，一直捨不得休息，終於覺得頭昏。遂決定閉眼，休息。

只是閉著眼睛，仍覺得頭痛，胸悶，甚至沒來由地停止呼吸數秒鐘。以致時時被自己的沒呼吸驚嚇，每兩三分鐘，便不安地睜眼、呼吸，努力深呼吸。直到大大喘口氣後，才覺得舒服些。如此，反覆著。

一段時間後，才意識到，這會不會就是高原症？

我看看車廂前的 LED 字幕，時值七月天，室外氣溫卻只有十度。是高海拔所致嗎？我趕緊查手機資料，高鐵從蘭州車行一個多鐘頭，便到青海西寧，那是海拔三千六百公尺的青藏高原。那麼，高原症真的是青海高原給我的回饋了。看著鼓脹如河豚般的零食包裝，哈，我笑想，零食也有高原症嗎？深怕睡著了會停止呼吸，於是，我努力維持意識，不斷調息、深呼吸。同時，我也察覺到，車廂裡的喧鬧似乎微弱了許多。

隨著高鐵行經的地勢下降，彷彿脫離了鬼門關一般，我的高原症不藥而癒，終於不需時時警戒著呼吸了。

河西走廊的住民，主要是穆斯林，漢人反而是少數民族。然而藉由方便快速的蘭新高鐵，吸引了眾多的漢族前往觀光、工作、定居。長此以往，河西的族群結構，想必會跟著改變。我觀察到，每一站上下車的旅客中，頭戴著白帽的男性穆斯林，不到半數，他們看來率皆悠然祥和。有一種人在家鄉的安適感。

從蘭州到莫高窟，兩地之間相距一千兩百公里，搭飛機，約需兩個小時。但看不見武威、張掖、酒泉、敦煌的沿途風光。旅遊手冊所載的好多景點，點點相距都在五百公里開外，遊覽車拉車時間動輒五六小時，走完全程，得七八天。而搭乘高鐵，一天便飽覽千里風光。

我早晨尚在蘭州吃拉麵，傍晚已經在千里外的敦煌吃羊肉了。

兒時毛蟹

聽家人說，襁褓期的我，便已初嚐秋蟹的滋味，並嗜食著。那是疼愛我的祖母，耐心地剔蟹肉，一口一口餔餵。想必是因螃蟹鮮甜的滋味讓我的眼睛綻放欣喜的光芒，並且張嘴出聲、不斷地索食之故，才會讓長輩說：「蛤公仔儘愛吃螃蟹」。「蛤公仔」是我的小名，長輩每喚我一聲「蛤公仔」都會讓我感受到滿滿的愛意，而欣然回應。螃蟹那單純卻綿長的滋味，從此永駐我的記憶中。

訥於言說的爸爸，每到秋天，常親自下河抓螃蟹。那種螃蟹，就是俗稱的毛蟹，深秋時節，立冬前後，臺灣的大河小溪，或是湖泊埤塘，到處都可抓得到。那時家門前那條小溪，溪水潔淨透明，成群的魚蝦在河底悠游，站在十公尺高的河岸上還清晰可見。爸爸總會邀集叔伯們半夜溯溪去抓蟹。他們拿著手電筒，腰間繫著竹簍，用牛筋草穿上蚯蚓當餌，在河岸石縫間引誘螃蟹出洞，幾個愛家的男人不怕夜叉水鬼更不畏風寒露冷，雙手雙腳浸泡在冰冷的河水中幾個小時，就只想爲家人添一些葷腥。

深夜捕蟹，爸爸通常不會預先告知我們，但我們一早看到浴室裡有爸爸換下的沾滿泥汙的衣褲，再看到廚房裡有一大桶生鮮活跳的螃蟹，便知放學後將有頓美味的點心，於是那天便特別期待放學。媽媽會用油爆香薑片，把處理乾淨的螃蟹入鍋爆炒，淋上一些米酒，不但增添風味，也可以殺菌，據說螃蟹性寒，淋上米酒還可以去寒。

下午放學，回到家，廚房裡洋溢著一股香濃的螃蟹味。此刻爸媽都不在家，他們通常是在農地忙活。我們逕自打開鍋蓋，那一整鍋螃蟹任由取食。在沒有零嘴的年代，那可眞是我們的珍饈美饌。新鮮的蟹肉紋理可見，彈性十足，經過熱油爆炒的蟹殼，香酥易嚼，吃完蟹肉，有時候連酥脆的蟹足蟹殼也都吃進肚裡，甚至流到手上的蟹汁蟹油也不放過，簡直要把整隻指頭都吮進肚裡去了，那種美味，是一整年期待之後的回饋。

爸爸農忙回家後，會選幾隻特大的蟹螯，挑出蟹肉後，留下完整的螯殼與關節，就成了我們互相廝殺的玩具武器，大家拿著互相攻擊對方，年紀小的，往往被夾得哇哇叫。放學後不用幫忙田活，悠閒之外，還有得吃有得玩，那兒時深秋時節特有的快樂，既單純又叫人無限的眷戀。

叔公家有埤塘，他們用蟹籠捕抓埤塘裡的螃蟹。蟹籠是由竹篾編織而成，長兩尺多，像火箭般的長筒狀竹籠，竹篾從火箭尖端開始編織，在火箭底部收口，多餘的竹篾往內摺成交錯的柵欄閘門，使螃蟹只能進不能出。白天叔公拎著十幾隻捕蟹籠放置在池塘裡，或是放在溪裡用石頭壓住，開口朝著下游方向，竹籠裡放著誘餌，誘餌的腥味隨著河水往下游漂去，吸引下游的螃蟹，只要螃蟹爬進籠裡，就等著我們第二天籠中捉蟹了。每支蟹籠都有至少五六隻螃蟹，豐收時，常常吃得到他們家的螃蟹。叔婆體弱，煮螃蟹的工作幾乎都是叔公太在做，八十幾歲的老人家只能把每隻螃蟹外殼刷洗一番，就丟進大鍋裡水煮，蟹香從他們的廚房飄到禾埕，我們便聞香而至，叔公太總會慷慨地招呼我們享用。吃完螃蟹，還有附贈品，便是那一身的螃蟹味，因爲螃蟹新鮮，遂有股腥香氣，並不令人生厭。

每當秋風吹來，那晨昏早晚濃濃的涼意，總是提醒我，螃蟹季節到了。先生知道我喜食螃蟹，多年來，帶著我在海港、餐廳、市場嚐過各種螃蟹，本土的，外來的，大大小小的……，現在城裡不容易吃到毛蟹，而飄洋過海來的大閘蟹與臺灣毛蟹算是物種上的近親，兩者滋味相近，價格卻貴了許多。只是金錢再萬能，也換不回兒時的毛蟹。

我想藉由一次次的追尋蟹味，重溫兒時的種種，啊！那是只能意遊卻回不去的年代。

叔婆太

自我有記憶開始，叔婆太就已經滿頭白髮了，她的裝扮與夥房裏的老婦盡皆相仿：長年綰著一頭香蕉髻，一年四季穿著斜襟喇叭袖的大衿衫，夏天七分袖冬天九分袖，而無論冬夏都穿著白色褲頭綁腰帶的黑色寬管長褲，夏天七分長冬天九分長。而腳下則踩著黑色膠底綿布鞋。

叔婆太家坐落在夥房最尾端，因位居邊陲反而有發展的空間，不似靠近祠堂的橫屋侷促，因此自成一格，房子的座向與祠堂相同，是背山面河白牆紅瓦的一條龍，兩邊耳房前各有一棵春秋鼎盛的龍眼樹，七里香短牆像是從一條龍伸出的兩隻手臂，護住龍眼樹還圈出一方鋪了柏油的禾埕。

白天叔公叔婆忙於農事，姑姑叔叔上班上學去了，常常只有叔婆太一人在家，飼雞餵鴨，撿洗青菜之餘，她總是坐在廊下一把舒適的籐椅上，目光凝望著遠方，河的對岸有一畝她家的田，也許她的子媳就在田裡澆菜施肥鋤草，更多時候，田裡只有稻草人孤單的身影與叔婆太遙遙對望。我那時覺得，就像大家都睡午覺時，只剩下我與牆影下的花貓對望一樣，好孤單。有一次我問叔婆太：叔公太那兒去了？叔婆太說：他去唐山賣鴨蛋了。那他什麼時候回來？憨妹，唐山太遠了，回不來了。我看著她看的地方，怎麼樣也看不到叔公太。

入學前，我喜歡在叔婆太身邊打轉，她看我來，就會起身進屋拿些餅乾糖果，一顆糖果就足以讓我消磨半日。有時她會問我阿公呢？不在家。那妹妹呢？在睡覺。過了一時半刻就交代我回去看看，若妹妹睡醒了就把她揹過來。

爸媽忙於農事，五歲的我已經被責付看顧一歲的妹妹，我也常跟著堂兄弟姊妹們，在夥房內外戲耍。但是三不五時就要回家看一下，若妹妹哭了，還得哄哄她，叔婆太總是好意幫我看顧，囑咐我帶著尿布把妹妹揹去，我就可放心去玩了。

我得把妹妹半揹半拖地帶到叔婆太家，這一段路程約莫五十公尺，我踩著小碎步，往往小跑幾步就顛躓一下，費力到臉紅脖子粗，想必背上的妹妹，不會比我舒服。但，爲了獲得短暫的開心自由，我老喜歡往叔婆太家跑。

白天挨在叔婆太身邊，有時可以看到她解開香蕉髻梳頭的關鍵時刻，揭開後垂披在後背呈大波浪狀的一頭銀絲，充滿歲月的神秘，她用一把烏木梳，上下來回地爬梳著，還從五斗櫃上拿了一個瓶子，小心倒出一些油，兩手搓揉後往頭上一抹，頭上銀絲遂油亮整齊，一絲不亂，然後再用一把新月形扁梳由髮尾往上捲，到了耳後兩手一攏，一頭銀絲就神奇地成了香蕉髻。讓我看得呆住了。

我家裡牆上阿婆的照片也梳這種頭，她在世時是怎樣梳頭的呢？阿婆疼了我兩年半，我一定看過阿婆梳頭，卻一點印象也沒有，我越年長，越惱怒幼時的我沒記性。挨在叔婆太身邊，彷彿阿婆對我的疼愛還在延續著。

叔婆太的一頭白髮，不摻一絲半縷的黑或灰，彷彿蘊含豐富的生命力般閃閃發亮。曾經看她洗頭前，先燒熱一鍋水，舀進桶裏，再劏幾把灶下的炭灰，入桶攪和，待沉澱再把上層清澈的炭灰水徐徐傾入盆中，叔婆太就用這種水洗頭。我一直納悶著她怎麼不用肥皂呢，後來才聽媽媽說，在肥皂不普及的舊時代鄉下就是用這種鹼水洗衣洗頭的。

天好日暖的斜陽中，叔婆太洗好頭，坐在龍眼樹下，晾著她的一頭銀絲。她時而用指腹按摩頭皮，時而叉指於髮際撓抓一把銀絲撒散，那一頭銀絲遂於向晚的微風中飄呀飄，日頭漸落，暮色漸沉，坐等頭髮晾乾的叔婆太，坐著坐著彷彿就把日子坐老了，天色已黑她卻仍陷入深沉的冥思凝望中，久久，屋內來喚吃飯了，她才收拾進屋，我遠遠的望著她孤身一人，想到前幾天，她的三個兒女因爲祖產的分配在祠堂大小聲，叔婆太卻無聲地坐在太師椅上，那時雖然兒孫滿堂，她卻好孤單。那同住的十來口兒媳子孫，只在吃飯時在她左右，平時，從不見家人膩在她身旁，相較之下，彷彿在她身邊跟前跟後的我才是她的嫡曾孫。

我的伯婆跟叔婆太比較親，忙完家務或午覺醒來要煮晚飯卻還太早的時候，伯婆就會來閒話家常：午覺睡得好嗎？晚餐要煮什麼？頭暈好些了嗎？聊一些我認識與不認識的親戚，談一些她們共同經歷過的風雨，她們無話不聊。偶而靜默時就一起剝花生坐看夕陽，該煮飯的時候，伯婆說句，來轉囉！起身就走。

年節前，忙著殺雞殺鴨的婆婆媽媽們總是聚在公共自來水旁，小孩們七手八腳地幫忙拔毛清腸肚，大人總是讚嘆小孩子的好眼力。叔婆太仍舊眼明手快也博得後生晚輩的讚賞。她總是把剛從雞鴨肚裏掏出的綠色膽囊，在水龍頭下沖一沖，頭一仰便和水吞下，她說，清肝明目呢，你們也來一個。孩子們無不摀著口搖頭說不。其他的婆婆媽媽也無人嘗試。

的確，叔婆太一直都耳聰目明，身體硬朗。往後幾年，她的媳婦久病厭世，阿發叔公溺水，與她同輩的另一房的阿鵬叔公太八十五歲升天，伯婆、阿全叔公病逝，阿雄叔心臟麻痺驟逝……這些比叔婆太年輕，輩分比叔婆太小一兩輩的夥房親戚一個個謝世，而叔婆太卻仍硬朗如故。叔婆太無奈地說：年輕的一個個走掉，我這無用的老人家卻吃那麼長命，唉，無彩啦！

那些曾經與她共渡生命激流，共同走過風雨，有過共同記憶的人，一一凋零後，還有誰能共話當年？她踽踽走過夥房內外的步履已漸漸遲沉，凝睇一磚一瓦的的眸子更顯淒迷，只有撫視髫齡時充滿愛憐神色的片刻令人感受到她的清健。

我負笈外城時，偶在傍晚時分返家，赫見夥房尾闃闇的龍眼樹下那飄然移動的白髮，也曾心驚。我去看望她時，她還清楚地喚出我的名：阿霞是嗎！愛打拚讀書喔！妳妹妹怎麼沒一起來？她仍耳聰目明，吃得動我送的蛋糕，仍會在夥房內外散散步。

但，漸漸的，叔婆太眼茫耳背，漸漸的，叔婆太臥床多於下床，終至不再下床，媽媽常去探望她，有一次卻聽到獨自臥床的她抱怨著房間「人」太多，很吵。聽得媽媽一身寒毛豎起，回來後說，恐怕是時候了。

我叫了二十多年的叔婆太，大去那一年，九十七歲。

取暖

這一波冷氣團幾乎籠罩整個北半球，臺灣平地雖不下雪，但低溫兼下雨的情況，使濕冷的程度更甚以往。

大清早，一輛輛黃色校車到達位於半山腰的校園內，校車像是吃多了精緻大餐又缺乏運動的胖子，很努力想清空腸胃，卻費了很大力氣，才擠出一個個外套口罩圍巾手套具足的臃腫學生。學生下了車莫不縮手藏腦的，只要一開口，就呼出白煙陣陣，一些耍帥衣服比較單薄些的學生，就鼻頭紅通通，還直流鼻水。耍帥之餘，不自禁向旁邊的同學靠過去，既裝熟，又可取暖，也許他心裡在想：早知道這麼冷，就要聽媽媽的話，多穿一件毛衣，多帶一條圍巾的，早上出門前還嫌她囉唆呢。

有些準備周到的學生，大衣圍巾手套之外，對抗寒流還有一項普遍的武器，就是暖暖包。另一些節儉或措手不及的同學還會到健康中心借熱水袋，如此，雖然位處郊區半山腰，比市區其他學校都要冷上一兩度，學生自有其抗寒之道。

很好奇這波寒流之下，郊區半山腰的校園氣溫到底幾度呢，學務處門口放置了一只電子溫度表，就吸引了一雙雙路過的眼睛注目，七點一刻時是七度，想必在校門口或空曠的集合場，氣溫可能更低一兩度。

昔時這樣的氣溫下，一定降霜，大清早起床，望向窗外，一片片白茫茫，媽媽給我穿上爸爸那件鋪上厚棉的軍大衣，還止不住鼻子下掛著的兩行清涕。媽媽煮早餐時，我就蹲在大灶邊司爐添柴兼取暖，燃旺的爐火終於使我全身暖和起來。

早餐煮完了，爐火餘燼就移到小紅泥火爐裡，這竹篾編的小火爐，有個提把，可以抱在懷裡也可藏在老人家的大衿衫下。大衿衫像是東北人的馬褂，只是下擺較寬長，並在腰胯邊開叉。冬天在路上的看到老人家兩手抄進衫裏，準是手裡提著小火爐，到處串門子也不怕冷。我們就在阿公阿婆身邊轉圈子戲耍，冷了就伸手入阿公的小火爐上烤一烤。運氣好的話，還可以碰到慈藹的叔公叔婆剛好在火爐裡烤了小地瓜，看到誰乖，就分給誰一塊。那一口鬆軟香甜，讓有一點饞又有一點餓的我，既溫暖又飽足。

我家後面的小山坡遮住了早上的太陽，老舊的瓦房，總有到處鑽入的冷風，當小火爐裡的火也熄了，屋子裡很快的陰冷下來，總是讓小小孩們止不住地流鼻涕。只要是好天氣，媽媽看見河對岸向陽的果園已經晒到陽光了，那通常已是九點過後，媽媽總會吆喝我們一票堂兄弟姊妹們到對岸去晒晒太陽。光是這一段路，就得縮著脖子打著顫抖走個一百公尺，才能到達，沿路還有一些冰冷的露珠打濕了衣角。

那時候還想，這麼冷的天，若在路上就凍死了，還晒什麼太陽呢？躲在家裡至少還不會冷死吧？

媽媽的算盤沒有打錯，雖然濕滑的地表仍有絲絲寒意竄起，頭頂倒有大片金陽灑下，晒了幾分鐘暖暖的冬陽以後，全身都舒活起來，小手終於可以離開口袋，跟兄姊們打鬧了。

若是天氣一勁兒濕冷，既沒有太陽可晒暖身體，衣服也晒不乾，媽媽就乾脆把煮飯的小爐子移到客廳，夾些燒紅的木炭在裡面，既烤衣服也烤我們的小手。現在想來，眞是慶幸老瓦房到處有縫隙可透風，沒有一氧化碳過重這個問題。

晚上睡覺前，媽會舀一小碗自釀的枇杷露，讓我們喝下，帶著酒味的甜釀，一入口就讓人身上有了暖意。不知是否小半碗的枇杷露酒精含量不夠，早早上床睡覺的我常常在床上躺了好久，雙腳還是冰涼的，也因爲腳冰，總睡不安實，那時還跟爸媽一起睡在紅眠床，爸爸上床後一定用他溫暖粗狀的雙腿把我冰涼的雙腳夾住，不一會，我腳暖了，也睡酣了。那是一段好安心好溫暖的童年記憶。

小五那年，媽媽得了急病住院，每天上學，我會牽著弟弟妹妹的手走上半個小時的路，突然意識到我長大了，會照顧弟妹了，帶著一點點的驕傲，抬頭挺胸嘴角微微上揚著。天氣轉冷了，我穿上毛衣外套，幫剛上小學的妹妹穿了大毛衣，就上路了。寒風吹來，我緊緊牽著妹妹的手，感覺她冰冷的手傳來身體的顫抖，我問：「妹妹，妳是不是會冷？」她點點頭。沒有遲疑半秒鐘，我立刻脫下鋪棉外套給她穿上。又問弟弟，他雙手插入口袋，緊抿雙唇搖搖頭。不一會，妹妹的手溫暖了，卻換我打寒顫了，但我受得住，我有責任照顧妹妹，我應該要這麼做的，那件外套就一直讓妹妹穿到媽媽出院回來。

長大後，手足一一離巢，天冷時，總會打電話提醒春秋已高的爸媽注意保暖，要開電暖爐，要戴帽子手套……想起幼時取暖的種種，眞想立刻依偎父母身邊，換我幫他們披上輕柔保暖的圍巾外套。

枇杷記

在我有記憶的時候，我家山上的枇杷茶園就已經存在。小時候幫忙採茶時，總覺得枇杷樹很礙事，而且樹上好多毛毛蟲，一碰到就紅腫痛癢，有些伯母幫我們採茶前總因此而有所抱怨或刁難，媽媽就要更加好顏卑詞恭請。但是枇杷採收時，我們卻吃得很開心。放眼望去，山裡山外，只有我們這一家種植枇杷。

這座山叫象山，外形就像是一頭長鼻舒展趴臥著的象頭，象山周身有一條彎彎小河繞著，從右邊流到左邊。在象鼻末端與象耳處建有三座廟宇，分別供奉道教老母與關聖帝君及至聖先師——這是全國唯一由民間籌建，並且是唯一座落在山坡的孔廟。因此貫穿小村與三座廟的路就名爲孔聖路。小山脊上的產業道路，就是沿著象鼻而築。逢年過節，或逢考季，總有很多來進香祈福的外人。而象山眼鼻兩側到河兩岸，全都是我們來臺祖開闢傳下來的土地，祖父繼承了右側鼻眼的一部分。象鼻兩側，由其他族親繼承。山上大多遍植茶樹，散植樟樹與油桐，或零散種幾棵成就不了一座果園的各種果樹。我們家在階梯狀茶園當中複種枇杷，在茶收之外，春夏之交更多了一份賣枇杷的收入。

枇杷花季很長，歷經秋與冬。過年時節，到山上走走，總還能看見像指頭大小的白花聚簇在枝頭。花朵長太密了，就得疏花，待果子長出來了，若仍過密，還得疏果，由於花期長，疏花、疏果的工作期也拉長了。果肉長出來後，爲防小鳥啄食，還得套袋。袋子由牛皮紙裁成，初由縫紉機縫成一口袋狀，後來也用釘書機釘合，套住枇杷後用繩子綁住。爸媽長年累月在農地裡勞動，頂著烈日或寒風，有時下雨還得披著簑衣工作，總是忙著除草、剪枝、施肥、套袋，還要適時噴灑農藥，相當辛苦。因此，我們假日時也得幫忙。

因爲枇杷園就在產業道路邊，沒有溝壑、壟堆，也沒有圍籬，來附近耕種或踏青、割香拜拜的人伸手可得。因此枇杷成熟時，爸媽總要我們姊妹們在假日擔任守園的工作。

那時候，家裡還養了一頭黃牛，以紅磚灰瓦建成的牛欄就蓋在象鼻道路與茶園交接處，由於位處山坡，牛欄三分之二在路面以下，而屋簷與路面就只有一個階梯的高度，小孩從路面跨一大步就可踩上屋頂。牛欄頗為堅固，小孩可在屋頂上坐臥行跑。牛欄旁一棵大樹粗壯的橫幹就在屋頂上水平延伸，躍上屋頂，再攀上橫幹爬到樹頂，也是易事。

牛欄與樹頂，便是我們課餘看守枇杷園的據點，有樹蔭遮日，又可坐臥行躺、居高臨下，監控往來的人。其實，小孩能有多大的本事？不過出點人聲現個人影，讓覬覦果子的人知所收斂罷了。眞想偷摘枇杷，從其他邊邊角角閃進果園，實在也無從防範。

我們守果園，嘴饞了，也會摘枇杷吃。把牛皮紙套袋掀開一角，看枇杷熟透沒，熟透的枇杷，顏色橙黃，果肉香甜多汁，吃前要剝除毛茸茸的外皮就很容易。吃完枇杷得善後，把枇杷籽用泥土枯葉略遮一下，以避祖父的眼。

估計，我們姊妹自己吃掉的可能比外人偷摘的還多。媽媽知道我們愛吃枇杷，又不能明目張膽摘回家吃，因爲枇杷已經包給商人了。監守自盜，被祖父看見了，是會挨罵的。

那時家中經濟是祖父在掌管，所有的作物收成後，該賣給誰，甚麼價錢，都由祖父作主。祖父選擇簡單乾脆的契約種作，由商人包下全部收成。在枇杷初結果實時，包商就來估價下訂。果熟後取貨，包商當初估多少錢就多少錢，不會因多估而反悔，也不會因大豐收而加價。相對來說，我們無須擔心萬一遭逢蟲害或霜害的損失，但也撿不到豐收或漲價的利潤。我們的枇杷在爸媽辛苦的照料下，年年豐收，合作多年，包商賺了很多錢，從沒賠過。媽媽覺得這種交易我們頗吃虧，爲此，她會偷賣一些枇杷。但是，商人很精明，想要不露痕跡，便不能偷摘太多。

一直以來，爸媽沒有上班，全年都在自己的農園工作卻無薪可領，掌權的祖父把包括枇杷在內的所有農產收入都放進自己的荷包，家裡的日常支出與子女成長所需，都要由沒有收入的媽媽另想辦法，這是媽媽覺得最荒謬不合理的。她一直在思索如何改變這種狀況，偷偷賣枇杷，不只是要扳回一些利權，更重要的是爲了養家，但偷賣的那點枇杷只是養家的九牛一毛。

有一年，包商跟祖父洽談完畢，怕我們反悔，早早就付了訂金。由於媽媽常往來市場，了解行情，知道包商報價過低。她估計，若自行銷售，獲利可達包商付與的三倍有餘，卻只能眼睜睜看包商占盡便宜。而辛苦種作的爸媽卻苦於家用無著，到處奔波籌措。爸媽幾番思索商量，決定來個絕地大反攻。他們逕找包商退約，借錢把包商已付給祖父的訂金全數退還，包商該給祖父的餘款，則由爸媽付給祖父，從而拿回了銷售權。

如此卻掀起一場家庭風暴。

祖父覺得失信於人，顏面盡失，因此，重重地責備爸媽。以前賺多賺少，都入祖父的帳。這次，賺了很多，卻不再進他的口袋。他眼睜睜地看著經濟主權即將易手，而這正是他最在乎的。於是，家中爭吵不斷。

但是，我們卻在果園放心地把枇杷當飯吃。假日，呼朋引伴守果園，在牛欄屋頂上，或坐或躺地大啖枇杷。牛欄外空地上，枇杷籽一堆堆的，囂張不躲藏。

那時媽媽也開始浸泡枇杷酒，一罐罐擺在陰涼處，待冬冷時飲用。

祖父看到我們吃枇杷的張狂樣，看到媽媽慷慨地把枇杷送給鄰居，苛吝節儉的他實在看不下去，一股氣無處發，便常常找機會責備我們，「敗家」是他最擔心也最常用的詞彙。那陣子低氣壓讓全家連呼吸都困難。

到了冬天，媽媽每次舀枇杷酒給我們喝，一定也給祖父送上一碗。喝了甜甜的枇杷酒，全身一股暖意緩緩上升，多少驅走一些冬天的寒意。剛開始，祖父還有點抗拒有點不屑，但我偷覷喝完酒的祖父，神色怡然呢。

往後，家中經濟一年好過一年，爸媽爲免除「敗家」的罵名與疑慮，他們更努力工作，最後祖父終於也放手了。而最令人開心的是，到了冬天，他也會問：「還有沒有枇杷酒啊？」

剪裁那一段韶華

幾番花開花落，從不曾帶走那一段韶光華年。

那年，國府遷臺前，兵馬倥傯，多少人家妻離子散。公公跟著部隊先行赴臺，婆婆攜著四歲的幼兒——先生的大哥，與衆多的軍眷一起搭上運補船，前頭的路忐忑未卜，腳下的步伐卻虛浮凌亂。從基隆到臺中，再從清水到大雅，一家人總算幸運會合了。後來再輾轉搬遷到鹿港小鎮，赴臺前後的倉促凌亂，於焉和緩穩健井然了，在與軍營爲鄰的日式房舍裡，一住幾十年。二子一女也在此陸續降生，彼時以公公任尉級軍官的薪俸，要養活一家六口，日子總是青菜豆腐湯湯水水的，清淡。

公公任俠好義，軍中同袍沒有家眷的只要衣服綻了線掉了扣子，全都給拿回家交給婆婆義務幫忙，後來有些阿兵哥乾脆把所有要縫補的衣服一次拿了過來，婆婆只要說線沒了或針斷了，阿兵哥們立即買來奉上，有時需要鈕釦或拉鍊，阿兵哥也會自備材料，或者多買一些，算是投桃報李，當作工資的替代吧，婆婆的百寶箱初始就是這樣積攢起來的。後來因緣際會買了長官家淘汰的縫紉機，經修理後居然也用了十幾年。

有了縫紉機，修補衣服就方便多了，那時大約半個彰化縣的軍人都知道婆婆會修改衣服，不乏一些遠從線西、伸港等地的阿兵哥們，騎了兩個小時的腳踏車來到鹿港，送來大包小包待修改的軍服。新兵的軍服太長太寬的也都成批送來。那些衣物常常堆滿半間小屋，彼時婆婆已開始酌收工資，在六、七十年代，每個月一千多元的額外收入，無疑替家中經濟挹注了一股豐沛的活泉。有一次阿兵哥的衣服實在大得離譜，婆婆乾脆把它從每個縫線部分，剪掉一大截，當整件衣服被拆開成一片片的布時，她突然靈光一閃，拿了舊報紙把衣服的版型描下來。得空便去市場尋找便宜布料，然後依樣畫葫蘆，憑著記憶把那些布片子一一縫合，不曾學過裁縫的婆婆就這樣完成了她自製的第一件衣服，欣喜之餘，上市場找布料就成爲婆婆有趣的日常功課，平日在修補衣物之外，研究裁剪各式衣物成爲她最深的興趣。從此她的三子一女成了她的最佳模特兒，除了制服之外幾乎不再治裝。

受惠的不單是她的子女，婚齡前後相差二十年的三個媳婦，以及陸續降生的孫子女，都有機會穿上婆婆絞盡腦汁學著做的各種服飾，我們也樂得少花些治裝費，就連已經移居美國、香港的子孫，都還會回來尋寶呢。爲了讓我們的家居服更時尚，只要她看見時髦的款式，就進小屋苦思研究，幾天之後屬於我們的雲衫霞裳就神奇地問世了。

日式眷舍住了四十年後，婆家終於向政府買下土地及建物，改建爲三樓透天別墅，在與軍營相鄰的圍牆邊，保留了一間改建前的小屋，作爲婆婆的工作室，在那間工作室裡，有一張長方型的原木大檯子，大小幾乎與一張單人床鋪相當，婆婆在檯子上做描繪裁剪整燙的工作，儼然是一個專家。臨窗處光線好，放置縫紉機，兩側角落置有衣櫃，其中一座玻璃櫥，放了滿滿的全家身材尺寸的報紙版型，另有整理箱，堆滿棉布、毛料、絲絹、刷毛的、鋪棉的、萊卡、羅紋……，以及鈕扣拉鍊蕾絲邊等各種配件，小屋是婆婆施展魔術的舞臺。

我進入小屋，就像走進婆婆的魔幻世界，往往好奇地東探探西問問，卻也不慎掀開婆婆寡居十幾年已然打包收藏的落寞，她幽幽地述說過往：公公驟逝後那幾年，無論何時聽到救護車「喔—咿—喔—咿—」呼嘯而過，都要驚慌失措就連半夜都會嚇醒，淚溼枕巾，心揪著痛上半天。新婚的我眞難以想像婆婆是怎麼捱過那一段喪偶的日子？我心情還在低盪中，婆婆卻抽出面紙迅速擦乾眼淚，揚聲爲我介紹小屋收藏的瑰寶，還要我選幾塊中意的布，她想幫我裁件休閒衣，那種想要用以裁製幸福分送子孫的心情，我頓時明白，這就是婆婆化解傷痛的方式。

就像我結婚時，兩個姪女穿的白緞蓬紗花童小禮服都出自婆婆之手，那是她在婚紗店來回觀察好幾次之後偸學來的。我懷孕時穿了一套新穎的春季孕婦褲裝回鹿港度假，婆婆對我這身孕婦裝端詳半天，洗晒完畢，婆婆直接收進小屋裡，假期結束，相同款式不同布質顏色的夏季孕婦裝，就讓我驚豔地帶回臺北了。日子裡三不五時的驚喜，我們都視之為理所當然，我們悠遊在那不虞匱乏的溫暖與幸福中。

開放大陸探親之後，婆婆輾轉打聽到在東北娘家的消息，四十年的分隔，有太多的彌補要進行，買金子，買補品日用，深知東北的冬季氣候酷寒，唯恐小屋的收藏不敷所需，婆婆與布料攤的老頭約定保留著輕暖好料，泉湧的思念催促著婆婆手上的裁剪針黹。八九年冬天，婆婆帶著超重的行李，獨自飛往遙遠的東北尋親。

探親歸來的婆婆帶回一身的疲憊以及幾幀照片，叨叨述說高齡九十的姥爺（我們的外公）一家三代住在空蕩殘破的老家，四野荒涼中的一抔孤墳則葬著文革時辭世的姥姥……。是婆婆太疲累，還是老家太寒磣？我們面面相覷屏氣聆聽，彷彿稍微蹦出一點聲響都是輕浮都是褻瀆與不敬。

過不久，大陸舅舅來信告知姥爺含笑離世，火化時穿的是婆婆縫製的新衣。消息傳來那幾天，婆婆總是噙著老淚失神地喃喃說道：「我沒給他錢，那裡好窮啊，我怕他會被搶，危險吶，我沒給他錢，我不敢給他錢呀⋯我應該給他錢的⋯⋯」

之後婆婆才慢慢的道出她那次痛心的探親之旅：住在錦州鄉下的姥爺一家，日子貧乏困窘到沒有餘糧招待遠客，還眼巴巴等著千里外四十年不見的老姑娘帶來米糧下鍋。事先全不知情的婆婆雖舟車勞頓又飢腸轆轆，挺住幾乎崩潰的情緒趕緊差人入城買米油鹽，不捨老病的父親挨餓受凍，未語淚已成河。等米下鍋的同時，婆婆替姥爺換上她親手縫製的細軟棉袍，並替他鋪上厚厚的毛毯，抱著老父久久不放。姥爺說：「閨女啊，我盼你盼了四十幾年啦，這四十幾年我從沒穿過這麼好的衣服呢。你母親，她，她沒這個福氣⋯⋯」。

姥爺離世後，婆婆買布裁衣更是勤快，她說：「你們姥爺癱臥病床十幾年，我這做女兒的沒照顧過半天。他身上沒有半個褥瘡，房裡沒有一絲尿騷味，你舅媽實在難得。」在物質這麼匱乏的情況下，照顧一個病人十幾年的確不易。

婆婆縫製的衣服隨著心中的感念而增加，深怕老頭兒的好料被別人捷足先登，婆婆遂天天趕早去逛布攤。這個布攤供應的並非名街名店的貨色，那僅僅只是早市中的一個非常普羅的攤子，我婚後每次回老家度假，也會陪著婆婆逛市場，選布料，只見他們閩南語和北京話，一來一往地打招呼話家常或討價還價，竟也能充分達意，頗覺新鮮。婆婆與老頭兒就這麼南腔北調地往來了十幾年，也算情高誼重。

這樣的市井互動，婆婆三兩天必走一回，不見得買布，有時只是去打打招呼，或是順路送個家常點心給老頭。偶而買到瑕疵布，還會去跟老頭兒吵一架，再換一些滿意的，老頭兒非但不以爲忤，還會多送一塊布以示歉意，日子裡有很多的無奈，老頭說：「哇哉啦！」婆婆與娘家親人四十年才得見一面，別後的那種牽腸掛肚，他說：「哇了解啦！」。他土生土長，親族累世同居共灶，年節時得開三四桌才能坐定吃飯，即便如此，他也懂得「外省仔」的鄉愁。他慨然半賣半送的那些布料，被巧手的婆婆化爲許多的長袍短襖。那些深淺各色厚薄不一的棉毛織料，很快被縫綴成的一套套四季衣物，那些都是婆婆最美麗的鄉愁。每半年寄一次的包裹，是婆婆衷心期盼的幸福。一直持續到舅舅最小的孩子都獨立了爲止。

這一段時間，婆婆彷彿是小屋的公務員，每天朝八晚五的。

婆婆裁製的衣服有各式夾克外套背心洋裝及運動服等，當然她自己的便服也幾乎不假他人之手。印象最深刻的是有一回，她買了二十元的零頭印花布料，回家之後，不出兩小時，就開心地把一套嶄新褲裝穿在身上，儼然一個事業成功的女主管在展示自己開發的商品般，自信得意，還不忘誇示物美價廉。

阿兵哥的軍服品質在臺灣經濟如日中天時也跟著漸漸改善，要改的軍服已少，年歲已高的婆婆也宣告退休了，沒有收入的她，自有一套替子女節流省錢的方式。

女兒兩歲時，婆婆買了一塊相當典雅貴氣又便宜的紫紅玫瑰花蜜絲絨布，裁了一件她自己的西裝外套及女兒的小洋裝。女兒穿上後照了好多相片，有一張一直擺在我的辦公桌上，我都神氣地跟同事介紹那件小洋裝的來歷，換來同事們的嘖嘖稱讚。婆婆也好滿意她那件西裝外套，配上黑色絨布西褲，眞像個女強人。這個女強人的手藝，兩三下就裁剪一件服裝版型，四五刻就縫綴一身光鮮華麗，就連大伯早年的學生都有所耳聞，趁著年節來拜訪恩師，也不客氣的帶來一塊高檔布料，請婆婆裁剪。這個學生早上來訪，吃過中飯，稍事休息之後，就穿著剛裁好的一身新裝滿意地告辭。

老頭兒的布料攤貨源不定，有時進了一大批各色毛料有時則是各種棉布，還不時會有絲料或白紗之類，蕾絲花邊及各種珠花配件則不曾缺過，連我也對這布攤流連不已。有一個暑假，進了大量刷毛的毯料，我與婆婆見獵心喜來回搬了好幾趟，再以家裡現成的布料鋪面鑲邊。婆媳兩人在工作室忙了近一個禮拜，做成一二十件大小各色毯子，我拿了四件上臺北，一直是我冬季時最溫暖安心的擁抱。

眞多虧老頭兒供應物美價廉的布料，我們才有這麼豐沛的資源可供享用。

有一年老頭兒斷斷續續的休假，後來一整個月都沒出現，打聽之下才知道他生了重病，婆婆也到他家去探望過幾次，回來時言談中不時透露出她的憂慮。老頭兒畢竟沒捱過那一年。沒多久，他的家人把攤子收了，婆婆失去了一位多年老友，也失去一處散心遺懷的場所。

之後，婆婆一直悶悶不樂，常呆坐客廳，是哀悼逝去的老友嗎？她卻直道：「老囉，這裡痠那裡痛，做甚麼都不帶勁。」小屋就漸漸荒涼了。以前公公的同袍戰友偶而來訪，婆婆都盡心招待，有時也會送件自己裁製的夾克外套。再後來那些老友不是拄杖就是步伐顫巍，他們一一離世的消息傳來，更讓婆婆喟嘆繁華落盡的滄桑，看見她在黃昏不開燈的客廳獨坐的剪影，灰暗成了唯一的顏色。擅長裁製幸福的婆婆，日子好似跳了線的縫紉機，一下子整團線糾結成綹，皺巴巴的布片怎麼樣也縫不成一件幸福。歲月的腳步不客氣地踩在落寞與滄桑間，日子似乎摻了苦味似的一天天難以下嚥。

那只是老人家在傷春悲秋嗎？我們是不是疏忽了甚麼。

醫生說也許跟老年退化有關。還需進一步檢查。

一天天小屋更見荒涼，連蜘蛛都來結社了。那年春假，四月天的空氣仍然凝結成凍，婆婆踅進小屋打掃，並做了一件背心給先生，先生高興得立刻穿起來給我看，這一連串的動作彷彿一陣陣薰人的春風，家裡氣氛瞬間熱絡了起來。回臺北後審視背心，發現尺寸太大，縫線歪斜，心裡還暗忖著暑假回老家時該如何開口請她老人家修改。卻怎料得，她從此再也沒有進小屋了。

一連串的檢查包括核磁共振，顯示情況不樂觀……。七月初，我們失去了她。

享受婆婆給的愛，是這麼理所當然。我們完全忽略了婆婆喜愛什麼？由於婆家未曾準備壽衣，我曾聽她老人家說穿上生前最喜歡的衣物走，在陰間可以收得到。我遂讓她穿上那件紫花蜜絲絨布西服，黑絨布長褲，外加一件她老是捨不得穿的皮毛領短大衣，腳蹬短馬靴入殮。一副像是要遠行的裝扮。我也一直覺得，婆婆只是去旅行了，她並沒有離開我們。

打開衣櫥，那迷彩背心長褲加上飛鷹圖案的太空夾克，以及棒球帽，是兒子最鍾愛的帥氣打扮；那長了一點，明後年女兒就可以穿去聖誕晚會的長洋裝；先生的各式夾克，我的各式背心，還有床罩被套毛毯……，我們保有一屋子婆婆的存在，婆婆何曾遠離？

日後，只要我回鹿港老家，仍不自覺走進小屋逛逛，摸一摸縫紉機，翻一翻那些婆婆還來不及裁剪成幸福的織錦棉毛布料，幾根仍插在針線包上的針，甚至仍穿著婆婆尚未用完的線，想著那些婆媳相處的日子，鼻眼仍不時一陣酸澀。發現小屋牆上掛著的日曆還停留在婆婆最後一次進屋工作的日期，那件背心歪扭的縫線立刻跳入眼簾，心裡不禁緊抽了一下。之後幾次假期再進小屋，日曆仍舊沒有撕。這是不是家人刻意保留的韶光膠囊呢？

婆婆好命睡去

十一年前，婆婆的病經醫師診斷，已從肺癌末期轉移成骨癌了。醫師說，婆婆只剩三個月到半年的時間。打過強烈嗎啡止痛針後，婆婆回家裡療養，卻只能在床癱睡。

放暑假時，我帶兒女回家，跟大嫂分擔一些照顧的責任，而已移民美國多年的大姑也回來了。婆婆見了，高興的說：「哇！你們都回來了，我眞好命。」

我們輪流幫婆婆翻身、按摩、擦澡，也餵婆婆喝鮮搾果汁，這是她唯一能下嚥的食物，而且是用滴的，因爲婆婆連口水都吞不太下去了。

晚上，大姑陪婆婆睡，她聽到婆婆說夢話，內容好像是正在跟好多已故的長輩打麻將，有時則囈語連連，聽不甚清楚。

到了白天，她有時候會突然說：「快點！快點！我的腳快要掉到床下了，趕快幫我扶好。」其實，那時她的雙腳，正好好的併攏平擺著；甚至也會緊張的說：「我快掉到床下去了，你們趕快來。」其實，她在床上都沒動一下呢。

看到婆婆日漸鼓脹的肚子，我心裡掠過一陣陣不安，因為那是癌末的徵兆。我小心的問婆婆：「媽，您……怕不怕？」

婆婆想都沒想就說：「有什麼好怕？人都要走到這一天的。你們都獨立了，我活這麼大把歲數也夠了，現在你們也都回來看過我了。什麼時候『主』要接我走，我就走，有什麼好怕？」

婆婆又說：「其實，我本來想捐贈器官的，醫師說現在已經不行了，眞可惜。」

鄰居張媽媽來探望，流著淚直說：「妳怎麼這麼可憐，好好的走出去，才住院兩個星期，卻躺著回來？」婆婆駁斥：「我才不可憐呢！這麼多子孫陪著我、伺候我、餵我吃東西、跟我說話，還替我抓癢，幫我按摩，我想睡多久就睡多久，我好命得很呢。」

出院後第六天，大姑提議幫婆婆洗澡，家裡幾個大男人，合力把婆婆抬到浴室，我跟大姑迅速幫她洗頭、淋浴。整個洗澡過程，她都閉著眼睛，快樂的哼著歌。

洗過澡，婆婆睡了。晚上醒來，卻急呼呼的嚷著要洗澡。我告訴她：「妳已經洗過澡、洗過頭了。」她頓悟似的說：「那，我可以睡覺囉。」

過不久，她又醒來了，問我：「今天幾號啊？」我告訴她：「今天是七月四號。」「喔？這麼快呀！」頓了一會兒，她又幽幽的說：「今天，四，號，啦。」之後，她又沉沉睡去。

第二天，神父與修女來替婆婆祈福禱告，希望婆婆能夠心靈安定、病體康復，只是婆婆實在精神不好，眼睛開開闔闔的，神父就安慰她：「妳不用強打起精神，如果想睡，就睡吧。」於是，婆婆安心的睡了，而且睡得很沉，還打呼呢。

兩個鐘頭後，上帝就把她接走了。

我本來打算整個暑假都要陪婆婆，大伯還想提早辦理退休，以便全心照顧婆婆，但我才回來三天，大伯甚至還來不及辦理退休，婆婆就走了。

大家都說，這是她自己選定了日子走的，因爲在她所有子孫都放假時，她想見的人都見到了。

醫師不是說還有三個月到半年嗎？結果信仰天主的婆婆只受苦一個月，就在神父、修女造訪過後，跟著天主好命地走了。

佛心大哥

那年姪子車禍，我放春假回到老家時，他已經出院返家休養。車禍情況非常嚴重，姪子右腿複雜性骨折，手術時打了好幾根鋼釘，肋骨也斷了兩根，全身包括臉部都嚴重擦傷，皮破血流浮腫，有些關節部分的傷甚至深可見骨，直到出院休養，外傷仍處處可見，大都已結痂，腿傷卻在一年之後才痊癒。

問起車禍經過，原來是姪子騎摩托車遭一輛貨車擦撞跌倒，再被另一輛貨車衝撞拖行，情況非常危險，但是兩個司機都沒跑掉，立刻叫救護車送到醫院急救，並經警方及醫院先後通知大哥大嫂到醫院處理。

那時姪兒才剛結婚不久，小夫妻正打算到美國留學，逢此重大變故，所有的計畫都必須擱置。年輕的姪媳婦傷心難過之餘，甚至怪自己是掃把星，發願要吃一年齋來換取新婚夫婿的健康。幸好有我大哥大嫂出面協助打理一切，才撐了過來。

在事故中，我看到了大哥處理危機的冷靜、智慧與對肇事者的寬容、大度。首先他安慰姪媳：「大難不死，必有後福，你們今後更要相知相惜。」又告誡姪兒：「你老婆有幫夫運，你出這麼大的車禍，能平安度過，都要託你老婆的福，今後要好好愛護和報答她。」

接著約兩位肇事者來家裡談，見肇事者仍相當年輕，並且抱著負責到底的無懼心理前來，大哥先與其閒話家常，隨後就講到賠償的問題。這是約談最主要的目的，一時全家人都緊張了起來。

我心裡估計著，姪兒當時薪水每月數萬，車禍傷得這麼重，至少半年無法工作，再加上醫藥及調養費，剛買的全新機車大約是五萬也毀了，加總起來，不談精神賠償，少說也要幾十萬，不知大哥要他們賠償多少？也不知道年輕人是否負擔得起？大哥提出的賠償方式卻大大出乎我的意料。他要求年輕的司機定期到醫院捐血，並到慈善機構捐錢，金額不拘，誠意最重要，再請對方拿著捐血及慈善捐贈證明到家裡來，就算是最好的賠償。
肇事者當場感動得幾乎要下跪道謝，卻被大哥擋了下來，他說：「發生這種事情，誰都不願意，我們已經受到傷害了，你們也有家要養，我不願再見到有人因爲要賠償醫藥費而家計不保，況且誰能保證拿了賠償金就能重獲健康呢？這麼嚴重的車禍能撿回一條命，已經夠感恩了，教訓與經驗我們也都學到了，那是無價的賠償。錢，我們有能力賺，但社會上有很多人需要幫助，你們就從現在開始吧！」
一旁聆聽的我，萬分感動，多年後回想，仍低迴不已。

輯三

天上掉下來的喜宴

如果印度也有黃曆的話，那一天一定標示：宜嫁娶。

在前往齋普爾的路上，我們看見好多花園廣場及庭園餐廳預備或正在舉行婚禮。進旅館後，天已黑，我們一家放下行李，便出外覓食。旅館外的巷子裡，也有兩間庭園餐廳正在熱鬧舉行婚宴，音樂震天嘎響，從門外往裡看，人影幢幢，紅橙藍白紫各色濃豔亮麗的彩布妝點著廊柱與屋簷，歡樂氣氛自庭園流溢而出。

我們經過第一家時，門口有表演藝人彈弄樂器高歌，裡面卻戒備森嚴，原想跟藝人聊聊，探詢婚宴資情，並拍照。未料，擾動了主人，便被驅離。第二家喜宴未設門禁，大門虛掩，更激起我們的好奇心，探頭張望後，便有人出來招呼，原以為又要被驅離了，不意，主人竟邀請進入。

這個喜宴不設防，邀約來得意外，令我們心跳加速，既欣喜也戒備著。來印度旅遊前，已被多方告誡，印度騙子多，他們會先博取我們的信任，然後再趁機大撈一筆。這個天上掉下來的喜宴，到底是福是禍呢？沒有印度親友的我們，能親自參與印度婚禮又是多麼難得！於是內心忐忑著，雙腳卻一步步邁入會場。乍見我們入場的衆賓客，先是愣了一愣，然後秒瞬間，展開笑容歡迎我們。

婚禮正在進行中，主人允許我們隨意拍照，還邀請我們入座觀禮。新人在臺上，主持者正在臺上講話。

早知印度婚禮繁複，從訂婚到結婚要連續舉行數天，我們參與的這一場可能已是最後的儀式了。新郎與大多數男性賓客穿西裝，女性則多穿色彩鮮艷的傳統紗麗。新娘一身華麗，金與紅是主色系，兩手腕戴著黃金與鑲珠寶的手鐲，她膚色白皙，身材豐腴，濃妝下是標緻艷麗的五官。新郎著深色西裝，戴著金邊眼鏡，年輕斯文。新人脖子上都戴著一串長及大腿的花環，那是用巴掌大的紅白紫色鮮花所串成。

從新人的膚色長相來看，我推論，他們大約是傳統種姓的吠舍平民階級，早先家族可以從事工商生產業，現在他們應該是小資中產上班族。

曾聽聞印度傳統婚嫁，女方家長甚至要賣地賣房籌集嫁妝，婚禮時新娘全身掛滿金飾，會場豪華、婚宴鋪張，賓客動輒幾百。而今，從婚禮不到百人的規模與賓客的穿著看來，新人應該受現代教育影響，力行低調簡約的印度婚禮。

接著，新人與賓客合照，我們也湊趣上臺後，卻成了活動的人形立牌，走到哪都有人提出合照要求，一旦我們點頭同意，大中小朋友就一擁而上。

音樂響起，舞臺上賓客跳起舞來，我們也被請上臺同樂，音樂節奏很快，適合擺手扭腰，踢踢躂躂。我們原不會跳印度舞，又拿著外套，揹著包包，實在沒有舞姿可言。但，就著節拍，學著大小朋友的動作，雖老是落拍，也盡興跳了幾首舞曲。

跳舞時，有賓客想幫我們照相，我順手便將手機交給對方。腦子裡卻頓時跳出戒備機制，周遭情緒這麼嗨，氣氛這麼歡樂，若賓客裡有小偷、騙子，這不就是最好的時機嗎？不好吧！眼睛遂盯著我的手機，盯著拿我手機的客人，趁一曲將休，還是趕緊下臺吧！

有一位婆婆，拉著我女兒的手，摸摸她的頭，不知講了甚麼，周遭一陣大笑。有人趕緊招男儐相前來。年輕英俊的男儐相，著寶藍西裝白襯衫，額頭點著印度教徒在喜慶時用以祝福的硃砂，笑咪咪走來。那位婆婆便拉著兩人的手，又摸摸他們的頭，再嘰哩瓜拉一陣，現場再度爆出一陣大笑。在眾人起鬨下，男儐相對女兒說：Will you marry me？女兒傻愣愣地問：What？他又說了一遍，女兒不知是裝傻還是真沒聽清楚，我附在女兒耳邊說：人家問妳要不要嫁給他啦？女兒一聽雙掌撫臉做出可愛版的孟克的吶喊，把他當笑談忽悠過去。

也有一位小女孩，在她爸爸的陪伴下，羞澀地拿了一朵鮮紅玫瑰花送給我兒子，並要求合影。兒子接受鮮花，開心地與小女孩留影。印度有種童婚習俗，有些甚至十歲不到的小女孩就被家長強迫嫁出。我笑看這小女孩，聽她的英文發音純正，我判斷他們應是受過西式教育的家庭，這悲劇應該不會發生在她身上吧，我也不會被迫在旅遊結束時帶個小媳婦回臺灣。

盡興玩了個把鐘頭後，跟主人告辭，主人卻硬是留我們用餐。

我乍聽，當下想的便是：食物有沒有問題呀？吃完飯，我們會不會人財兩失啊？再一想，就算食物沒有問題，這樣會不會太叨擾主人了？我們原只是來照相獵奇的。若要領受喜宴，我們也該送些賀禮才對，空手而來怎麼辦？是不是派代表回旅館拿紅包呢？紅包該包美金還是盧比呢？

我們邊走邊討論著。很快就到餐檯邊了。主人幫我們拿餐盤，教我們如何取餐。這其中若有陷阱，我們便是一步步陷入難以回頭的境地了。就這樣，一家人欲推還就，尷尬又欣喜地吃著印度傳統料理。印度人九成吃素，喜宴幾乎沒有葷食，主食有各式的囊餅——Naan，與各種咖哩沾料，還有蔬菜、水果、優格等，豐盛又美味。

餐檯附近就有個擀麵臺與烤餅爐，六七個男女師傅盤腿坐在檯上，分工擀麵、烤餅。一個服裝類似錫克教的老人家，負責烤餅，他拿起一片片擀好的餅皮，丟到大圓烤盤上，烤好後立刻挾入餐盤。另一邊還有炭火烤爐。把在大圓烤盤上烤過的餅再置於炭爐上，麵餅膨脹成球形，個個像躺著的河豚一般。我們興沖沖要求擀麵。主人也同意，我們擀著一張張不成形的餅，笑鬧著，他們也不介意，還讓我一試再試。這些工作臺上的老人家，說著我聽不懂的語言，但臉上的笑靨都親切又溫暖，彷彿就是自家長輩。

餐已飽足，該出去走走了，正欲告辭，又被拉去另一頭的飲料區。飲料是我的罩門，而所有的告誡，飲料都是第一名，一喝見效，非拉即昏。果若如此，我們便成了砧板上的肥肉，任人宰割。我旁測審視他們敬邀的笑容下，是否藏著什麼居心，卻一無所悉。便想，都已經接受這麼多的招待了，我卻還這麼提防人家，是否太過小人之心了？眼見卻之不恭，於是便舉杯小啜甜飲。然後，又有人來要求合照了，男女老少都有。

這期間，透過不太流暢的英文，我們與賓主小小聊了一下，知道在場的都是新郎新娘的親戚手足。婚禮由新娘的叔叔主辦。他認爲意外得到遠來貴客的祝福，是求之不得的賀禮。

原以爲這麼輕易就被邀入喜宴，還擔心這是鴻門宴。他們卻是敞開心胸招待我們，除了眞誠，還是眞誠。我們擔心誤上賊船，而步步爲營，結果卻步步轉慮爲喜。

是甚麼原因讓我們覺得印度人善騙？參加印度喜宴可能危險？就只因太多的傳聞嗎？如此，對大多數的善良印度人來說，是不是太不公平了呢？

若換在歐美日其他地方獲邀喜宴，我們還會如此小心防範嗎？

再反觀臺灣鄉下的傳統露天喜宴，若有老外好奇探頭，主人邀入同歡，不也是很平常嗎？他們可曾提防主人趁機洗劫？

也許我還要一些實際經驗，才能得到這些答案。只是當下平白接受這麼熱情的招待，家人蹭了一頓飽餐，實在不好意思。於是跟他們要了電子信箱，心想，就報以我們親拍的好多相片吧。

老灶・煙火

小時候，我初識人間煙火，就在老廚房裡。

老廚房裡，有一口專司煮飯燉湯燒開水的獨立燒柴矮爐。還有大小相連、高達我眉眼的兩口磚砌燒柴老灶。小灶上架著炒菜鍋，專司煎魚煮菜炒花生……，料理我們的三餐。大灶直徑約莫兩尺半，配一大鐵鍋，平日專責燒洗澡水煮豬食。

那時養豬是農家普遍的副業，豬菜主要是番薯葉，據媽媽說，每天單單到菜園割番薯葉、回家剁，就得花一個多鐘頭，待煮熟煮爛，往往又要一兩個小時。孩提的我一餐只吃得下一碗飯，很驚奇那兩隻豬，怎麼一頓就要一大槽，難怪媽媽每天都要忙於煮豬食。

傍晚，大鍋得要燒洗澡水了。八口之家，洗澡時間斷斷續續，總要拖上幾個小時，若冬天火熄水涼，還要重新起火，於是大人催促小孩洗澡時，總是難免帶著點火氣。

逢年節時，大灶功能發揮到極致，除日常的煮豬食、燒洗澡水外，還要煮雞豬三牲。煮完三牲的高湯，往往接續熬煮鹹菜筍干、長年菜，此外，更重要的則是蒸各式年糕。

蒸年糕前，媽媽總是謹愼地把煮過牲品的大鍋洗得乾乾淨淨，祖母離世前曾茹素多年，祭祖的年糕切忌沾上葷腥，媽媽總不敢有半點馬虎。甜鹹年糕發糕蘿蔔糕，一籠又一籠地接續著蒸，蒸一籠年糕或蘿蔔糕約莫需要半天工夫，媽媽不是凌晨兩三點起來蒸，便是吃過晚飯開始蒸到凌晨，於是，那幾天，大灶便如此薪傳不輟，廚房呈現一種欣榮勃發的熱鬧。此時若廚房冷寂，必是落魄蹇磣的昭示，更是來年不祥之兆，一般長者皆以爲大忌。爲彰顯年節的歡愉氣氛，更兆見來年的豐足，主中饋的媽媽即便累到頭暈目眩，腰瘦腳軟，仍卯足了勁，撐起該有的場面。

遇廟會建醮請客時，每家每戶就像競賽般紛紛邀請遠親近朋來做客，唯恐自家客人太少，面子會掛不住。那時不流行請總鋪師外燴，都是各家媳婦親自掌廚打理。即便要請客煮大餐，媽媽當天依舊得先去忙田活，然後在有限的時間內烹煮料理，只見媽媽同時啓動三個爐灶，先在小灶把蹄膀、爌肉、豬肚、排骨等費工費時的食材煎煮炒炸熗之後，再移至矮爐燉煮。大灶上擺著的蒸籠裡，則移入矮爐上剛剛燉煮過的一鍋鍋半熟食品，繼續蒸煮熟成，等候上桌。三個爐灶沒有一個閒著，分別在蒸、燉、煮著。最困難的便是爐火的控制，小孩雖可幫忙掌火，火候卻仍需媽媽控制，於是那兩個鐘頭內，媽媽遂在廚房裡外奔忙，在灶前爐後周旋，又摘又洗，又要細切快剁，又要揮動鍋鏟，還要配合火候不時彎腰深蹲添薪減柴。我在一旁除了掌火、遞碗盤，其他甚麼忙都幫不上，當時的我覺得媽媽簡直是女超人。

親戚們知道那一大桌「功夫菜」，是媽媽在兩個多小時內完成的，無不誇讚：「實在罕ㄎㄧㄤ哪！」而媽媽總謙遜地回道：「好在有三個灶頭按好用。」

大灶的好用，在製作米篩目時更見眞章。每逢插秧或收割時，總要隆重地製一回米篩目，以招待前來幫忙的鄰里叔伯們。幾位夥房伯母叔嬸，也前來湊分兼相助。但見媽媽一手拿著銅篩架在對面的鍋緣，另一手拿起一團已經前置作業完成，濕軟合宜的在來米漿糰在銅篩上按壓，幾十條雪白的米篩目便同時掉進滾水裡，伯母拿著大杓不時在鍋裡划動，還有人專管柴火，控制火候，使鍋裡的水持續沸騰。拜大鐵鍋鍋大、水深之利，米篩目在其中泅游迴旋，淋漓暢快，不一會浮出水面，便熟了，用漏杓舀起，置入冷水中，再撈起瀝乾，準備後製。甜的加糖水冰塊，鹹的煮絲瓜或加芹菜豬肉蝦米油蔥，豐儉隨意、冷熱皆宜。比起炒米粉或煮麵條，米篩目更爲費工，更顯誠意。雖費工，媽媽還是每每不憚其煩。因爲吃著米篩目時，周遭總是湧動著歡慶豐收的愉悅，像儀式一般，單純又敦實。

那時老灶燒的木柴或草結，幾乎都是由媽媽一手打理。草結往往以帶葉的樹枝竹條做成，尤以含油脂較多的相思樹、尤加利樹枝最好。媽在忙完山田活時，順便砍、撿一綑帶葉樹枝回家，便可利用午飯後休息時，或夜晚忙完家事時，掐緊時間，加加減減地做。必須趁其枝葉半乾濕、葉子尚未脫落、也不太扎手之際，用柴刀砍一刀，折一把，再砍，再折，直到一手握不住的大小時，便以稻草綁縛成大絲瓜狀，疊放在簷下存放兼曝晒。因每天要煮豬食燒洗澡水煮三餐，木柴不算，草結至少就需三大捆，媽媽一日不摶草結，次日便要斷薪，有時農忙到深夜，還是得加工趕到凌晨。那時，非常黏媽媽的我，非得要媽媽陪睡不可，知道媽媽辛苦，便坐在板凳上乖乖等，往往等到睡著。

後來，夥房搬來一戶人家租住，常幫人家採茶做工，他們沒有自己的山林提供柴薪，媽媽腦筋動得快，便向他們推銷草結。於是每天起早趕晚摶草結，只要自用有餘就可外賣，一天可供應他們一到三捆，視枝葉與木質比例與耐燃程度，一捆輪胎大小的草結，可賣六到八元不等。對他們來說，所費不多，採茶一天的工資就可以買十天的草結，每天有工資賺的人家不會在乎這點錢，樂意得很。對媽媽來說，要賺那一點錢，卻須日以繼夜用盡所有的餘暇，甚至犧牲睡眠。卽便這一點錢，也像乾渴大地上的一陣及時雨，使原先已經枯瘦乾癟氣息奄奄的小草，一陣滋潤後，又生機勃發了。五個嗷嗷待哺的小孩，是沒有固定收入的媽媽之沉重負擔。這也是爲什麼，媽媽總有做不完的工作，摶不完的草結的原因。

我家門前那條小河的上游是人跡罕至的深山老林。若碰到連日大雨，河水水位上升到淹沒河對岸的田園時，在家門前就可看到滾滾洪流，像沸騰滾動的黃泥汪洋，此時夥房裡的族親老少往往就站在岸邊觀看洪流，既惋嘆田園莊稼，也擔心水位續漲，而族老們更關注的則爲漂流物，此時的漂流物頗有可觀，農作物、雞、鴨、甚至豬隻、耕牛，還有農具、家具等，有生命的漂流物大都滅頂，無法搶救。深林裡積久的斷木枯枝也在洪流中沉浮，漂流而下，則是族老們所動心並等待出手的。有些漂流木大大小小的群聚而下，像一大家族手牽手心連心般，難以下手。有時只有形單影隻孤零零的一棵，叔公相準目標，夥身手熟練地把綁著鐵鉤的繩索拋向河心，只要一勾住漂流木便趕緊往回拉，夥房裡的年輕人，往往會聞聲前來相助，像拔河般努力拉回繩索。這場拔河沒有堤防或欄杆可以護身，而且不只要對抗洪水的流速，還要閃過岸邊的樹木與竹林，有時一根木頭就得鑒戰半個鐘頭才能拉上岸，站在岸邊的人，光是看，都覺得心驚腳軟，不斷尖叫。堆得像小山一般的漂流木，我們幫了點小忙，也分得一些，那簡直是用生命博取來的，之所以甘冒此危險，圖的就是漂流木劈成的柴，耐燒。

在農閒時，媽媽也會長征到隔壁山頭，去撿拾斷木枯枝，儲備柴薪。隔壁山頭的主人，媽媽要我們稱其爲清水伯母，他們家大、地多，柴薪自用有餘。有一次，他們賣了林木，商人只要樹幹樹頭，樹椏枝葉被棄置山頭，伯母就慷慨贈與媽媽。柴薪免費，但是必須自行撿拾攜回，這也是最困難的部分。媽媽在山坡地跋涉，在林木間使力拉扯枯木，匯集一處，再把枯木枝葉盡量砍削整齊，方能捆妥，用肩頭扛回。一大捆七岔八拐的柴薪，壓得肩頭腰骨難以承受，各種沉、重、痠、痛，有增無已，這座山頭只有山路可達，單程空手徒步就要一個多鐘頭，一天得來回幾趟。工作疲累後，肩擔重擔下，回家的路顯得更長、更陡、更崎嶇。媽媽臉上的淚水與汗水已分不清，每跨出一步，都是艱難。

待我年紀稍長，有力氣分擔一些工作了，假日時，也會偕同哥哥姐姐前往位於山腳河邊的竹林，抬撿媽媽先前砍斷的樹枝竹幹，那可眞是件苦差事，那密生的樹竹、崎嶇的坡陡、濕滑的小徑，簡直是原始叢林。要把整根竹幹穿越密林拉出，沒有兩三人接力傳遞是難以完成的，我們要小心避開像彈簧般擺盪彈擊的竹枝樹杈，還要注意有無掛在枝頭盪鞦韆的青竹絲。

有一次，青竹絲就在媽媽眼前擺盪吐信，那一瞬間，生命彷彿就在蛇信間吞吐著，媽媽驚呆了幾秒鐘無法動彈。在密竹林裡舉手投足都要撥動竹枝，若蛇因此受到驚動而被激怒，將使自己更加危險，媽媽根本不知所措也無處可逃。不可思議的是，那條青竹絲在媽媽面前擺盪了幾下、頓了一頓，以爲牠就要伺機攻擊媽媽了，卻在秒瞬間轉頭爬走了。或許冥冥中自有神明保佑著，因此，我不難理解爲何媽媽每逢初一十五總是虔誠地祭拜土地公，感謝祂的保佑。

我們在濕滑的陡徑上，有時雙腳根本無法站住，得靠膝蓋抵住斜坡才能止滑，在跪爬中，雙手高舉傳接，汗水從每一個毛細孔冒出，濕熱黏癢，頭髮草屑黏貼在額眼之際，也無暇理會。往往一大早出門，不到半個鐘頭，全身就濕透了，汗濕的衣衫就這樣搭在身上兩三小時，直到收工。我在那合該無憂玩樂的年紀，去執行這種苦差，承受各種汗癢疼累，心裡縱有一千萬個不願意，也是乖乖地順從，或許是貧苦家庭的孩子比較早熟體貼，不忍心讓媽媽獨自承受數倍於我們所承受的辛苦吧！

掇拾回來的樹幹竹筒，晒乾後劈砍成一尺半左右，火力較草結更穩定持久，常與草結搭配著燒。生火時，媽媽通常先用火柴點燃草結，待火勢穩定後再添木柴，然後交給我們掌控，爐邊牆上斜倚著一把長約兩尺，生鐵鑄成的火鋏子，可把燒短了的木柴往灶裡推，待木柴快燒盡了，再添一塊進去，若爐火太猛太旺時，就用火鋏子拍一拍，打掉並移開一些燃燒正旺的柴火。此時火星子及小火塊會在灶肚裡飛竄，甚至迸出灶口。若小火塊掉到草結堆裡，燎燒起來可就會釀成大災的，我家的大灶爐口沒有安裝鑄鐵門，我們姊弟，從小就得學習看掌爐火、添減柴薪。

媽媽說，小時候的我，冬天儘管穿得像小圓球一般，外面還罩件爸爸的軍大衣，卻仍常常手腳冰冷，拖著兩條黃鼻涕。因此，只要天冷，媽媽都會叫我待在火爐邊，掌火兼取暖，那是溫暖安全又祥和的小天地。我靠在牆邊或倚在柴堆上，望著跳動的火影發呆出神，也不知到底在想什麼。溫暖的爐火，讓我乖乖地司爐，彷彿可以天長地久地廝守下去。看著看著，眼前渾沌一片，常不知不覺地就在灶邊打起盹來。

草結易燃快燒，若來不及補上或草結尚未乾透不易燃燒而致熄火，就會悶出陣陣濃煙。我們的大灶沒有鼓風爐，得用長竹管吹氣助燃，我吸足了氣，整個肺像要爆炸了一般，再一口氣吐出，如此吸吐幾次，灶裡黑煙四起，常常燻得我眼淚鼻涕直流。木柴耐燃，則比較沒有中途熄火的問題。

大灶終年任重而位尊，每餐煮完菜，灶面總是油膩膩地，並掉落一些菜渣菜屑，偶而還不知從哪裡冒出一群群的螞蟻來覓食。我稍長以後，吃過飯就必須洗碗筷、擦拭灶臺。至於煙囪附近的灰塵蜘蛛網，只久久一次或在歲末時，才會吩咐哥哥爬上灶面清理。我是寧願久久一次清理蜘蛛網也不願天天洗碗擦灶，卻也只能認命地每天與碗、灶糾纏。

有一回假日午餐後，我看到一大群螞蟻在灶面分列式行軍，也不知牠們的老巢在哪裡，加上灶面油膩，我索性以熱水淋下，去油兼消滅螞蟻，並用抹布蓋在蟻群上面，想堵住螞蟻的出口。灶面油油水水地星布著蟻屍，並有髒汙的濕抹布，看起來是有些狼藉，我未把殘局收拾妥當就跑去看書了。媽媽農忙回來看到後，結結實實地把我罵了一頓。我也懊惱當時爲何不一口氣把事情做完，只好委屈地放下書本，去清理。我喜歡讀書，不喜歡讀書時老被雜事打斷，書本裡有秦皇漢祖，有黃河長江，書本裡有我的宇宙我的夢，媽媽知道嗎？我把抹布洗了又洗，灶面擦了又擦，心中不免有怨，覺得這些家事怎麼這麼繁瑣、這麼纏人？而同樣在家的哥哥爲什麼不用挨罵？

然而我只是飯後洗碗擦灶忙個一二十分鐘而已，媽媽卻每天忙完田園活，還要料理家務：煮一家八口的三餐、洗衣、割豬菜、煮豬食、打柴、摶草結。從我早上起床到夜晚就寢，從未見過媽媽坐下來看看電視或睡場午覺，日常也從不曾休過假。她，心裡有沒有夢想、有沒有怨呢？

終於有一年，爸媽商量妥，把豬養大賣了後，就不再養了。從此，媽媽不必再煮豬食，連帶省卻了許多雜事。山上的柴草日用有餘，媽媽不需日以繼夜摶草結後，也就更有時間去賺工資了。

直到我升高三時，老屋拆除要改建洋房了，大灶留不留？爸媽掙扎了很久。蓋了洋房，燒洗澡水有瓦斯熱水器代勞，煮飯煮菜有電鍋、瓦斯爐等。電器、瓦斯爐既是擋不住的時代潮流，滿山的柴草只能任其腐朽。即便大灶仍老當益壯，與洋房終究不襯。於是，爸爸看了黃曆，選了一個吉日良辰，在焚香祭拜後，工人開始動工。大灶便與老廚房一起消失在漫天塵埃中。

至今不燒柴已三十多年了，一路看著爸媽青壯年時的奮鬥至今，我領略人間煙火的艱辛，而不敢或忘，爸媽更時不時地把過去拿來反芻一陣，唯恐子孫誤以爲安逸的生活是理所當然。甚至在不久前還買了一個移動式柴爐，安置在側廊，年節時以之煮三牲蒸糕粄。放著廚房裡方便穩定的瓦斯爐不用，倒甘願守在灶前添柴。媽媽說：「山上按多柴，加減燒，冇啊，實在可惜。」但看爸媽施施而行，晏然自若地掌火，灶裡柴火熊熊，鍋裡高湯正沸，在煙霧蒸騰中，那段杳渺的燒柴歲月彷彿復現了，老灶分明就在我眼前。

弟弟，回祖厝了

弟，我來看你了。

今天天好藍，陽光好柔，不悶不熱，你這兒還有聽不完的蟲鳴鳥叫，看不盡的青山綠野，並有四時和風輕拂。以前，臺北的擁擠喧囂曾令你頭痛到坐立不住而急欲逃離。我想你如今一定感到心舒神暢滿意極了吧。三年前你來此，當時，大堂哥教我們對你說，說你從此要獨立門戶、自力更生了。我們只在每年元宵過後的第一個禮拜天來看你，同時也有很多親戚遠從各地前來，這種家族聚會，每年一次，你並不陌生，是吧！從那時起，你遠離塵世所有的煩惱，住所居高臨下，又地形開闊、風景宜人，省道縱貫線上的車水馬龍在眼下，此地卻能鬧中取靜自成天地，遠眺看得見老家，又無老小牽絆，想必一定能讓你自由適意。

　　雖然如此，孝順的你，一定仍牽掛著爸媽，爸媽年前各自曾有過小中風，目前都已康復。另外，疼你的阿惠表姐因肝腫瘤手術後回姑姑家休養，復元的狀況良好。曾有意要你過繼的大姑丈已年過八旬，在春天時因巡田摔了一跤，被粗壯的斷木壓過前胸，受傷頗重，現在還在休養中。你若還在，這些有病痛的家人親戚，必定讓你擔憂不已吧。

　　勤奮的你，也一定相當記掛著我們一起努力耕耘過的農園。你知道嗎？當年我們一起種下的山櫻，如今業已成林，春天時櫻花雖然只稀稀落落地開，卻也替我們家那片山坳，點染上些許紅妝，眞是好看。苗圃商已經來洽買過幾回了。四年前你因工傷休假卻忍著病痛親自栽種的樟木也已成蔭，過路客停車納涼，每每盛讚這一片林蔭。看到日漸蓊鬱的林相，總是讓人倍思當年植樹的你。另外，對門圳尾那塊你種小黃瓜、青椒的田，現在暫時休耕，雖雜草遍生，但在河岸築堤塡方過後，已經不怕洪水沖毀田基了。

　　家業及親人一直都是你心心念念，無法割捨的情緣，假若你還在家，肯定像個陀螺般忙個不停。

你自小挫折不斷災難最多，總是讓父母手足憂心。記得你第一次手腕脫臼，那是你讀國小以前，那一次，我們姐弟及堂哥們就在家門前的竹林下盪竹子，由高個子的堂哥拉下竹子尾端，再讓小個子的我們雙手攀住竹子，在堂哥們的協助下，我們像吊單槓又像盪鞦韆，晃來晃去，刺激又好玩。不意，堂哥們一個個手痠，竹子離手，只剩下小個子的你還沒下來，旋即被竹子帶上高空，你一驚失手，就從高處栽了下來，雙手著地力道過猛而脫臼，堂哥們一哄而散，只剩剛上小學的我慌張失措。帶你回家，想哭訴，爸媽卻還工作未歸。你哭，我卻無計可施，也跟著哭，姊弟倆哭到沒有力氣。眼見隔壁伯父家都燈火通明在吃晚飯了，我們的世界卻孤獨黑暗。我當時傷心納悶，爲什麼別人可以在溫暖的燈火下幸福地吃飯聊天，我們這廂卻這麼痛苦無依。

小學時，你學會騎腳踏車了，有一次不幸從兩公尺高的路面跌落到稻田裡，手肘骨折，打了好久的石膏。我們都慶幸你命大，因爲離你跌落之處幾步遠就是河岸懸崖，那裏剛砍完竹子，像刀劍般鋒利的竹頭矗立著。每提及此，總是叫人一身冷汗，不知你當時怕過沒有？之後不久，在同樣的地方你又跌了一次，這次斷的是另一隻手。

你工作後，我還在讀書，有一次你車禍，兄姐們全到齊在醫院守護你，第一眼看到全身紗布包裹著的你，叫了一聲弟，我就忍不住哭了。那是長大以後我第一次爲你哭。你睜開浮腫的眼皮，環視我們，張口，彷彿有很多的話，卻只淡淡的說口好渴、想喝茶。我知道你只是不想讓我們擔心，而強裝若無其事。不知硬頸的你哭了嗎？

再來不知你又受了幾次傷，有被機器切掉半截手指的工傷，有幾次頭破血流牙斷的車禍與酒醉跌倒，尤其是差點要命的腹膜炎。那一次，剖腹割腸、剜肉挖瘡，爲了方便後續的消毒與引流，十幾公分的開刀傷口一個多禮拜未縫合，每次消毒換藥，護理師都要把整盆消毒藥水傾倒進你的肚腹，我不忍卒睹，但見你縐緊眉頭咬緊牙關，我知道那必定是難以忍受的劇痛，卻從未聽你喊痛。這些傷與痛一再重複，你都一一挺過來了。你的身子受折磨，爲姊的我無能代你，只能心痛。

弟，我們都知道你是有情有義的，家人親戚有難，你一定第一個上前慰問並伸出援手，當姪兒姪女一個個帶回老家托育時，是你不辭勞苦幫忙把屎把尿，洗澡更衣的。當手足一個一個離家時，你是那仍舊堅守家園陪伴父母的。是你把山坡地整成大片平坦耕地，是你用現代概念耕耘田園，是你改變傳統的生產方式……這些我們都銘感在心。

我一直覺得手足中我們倆是感情最好，也最能心意相通的。在成長的路上，我們相濡以沫，同歡共苦。你還記得我們讀小學時曾經好幾次共同吃一碗貢丸湯當午餐嗎？那是懵懂年幼的你，把午餐費花完了，我只能帶著你一起去喝僅能買的一碗湯，再度過漫漫午後，餓著肚子回家。小學時，洗澡得先在廚房燒水，再用大錫桶提到浴室，我一人提不動，不管當時你在做甚麼，總是立刻放下，來幫我一起提。媽媽開刀住院那一段時間，我們姐弟一起上下學，我領著你走在冷冷的街路上，寒風瑟瑟我們縮著頭互相取暖著，那一段日子我們的心總是這麼靠近。冷了、餓了、累了，只要一個眼神，無須言語。

但是從甚麼時候開始，你的心受傷了，卻把受傷的心武裝起來，偽裝堅強？身體的傷痛好醫，心裡的創傷卻從沒醫好，你何時傷的，怎麼傷的，你從不說。是三年的海軍兵役太苦還是在軍中被霸凌？是工作時被主管刁難還是你有債務？是我們忽略你的感受還是講話無意間傷到你了？難道是你也想高飛孝順的你卻放心不下父母？你緊閉雙唇，我們注定失去答案。你固執地築起藩籬封閉自己遠離我們，但，你以爲關起門來我們就可以不理會，看不見你我們就沒有感覺嗎？你以爲你在門裡哭泣我們在門外就聽不到嗎？

你用酒精麻醉止痛。酒卻引爆了家裡的炸彈，月月年年。你答應戒酒，一次又一次。而當你躲在角落猛地仰頭灌下一口又一口高粱時，我們知道你已經不再是你了。你可以三四天一個禮拜不省人事，不管子女嗷嗷白髮劬勞，不管外頭寒暑晴雨，不管是要收割還是播種。你的妻子失望地帶著孩子回娘家暫居，我們無奈地強制送你去醫院戒酒，一次兩次三次，你仍無法自拔。你漸行漸遠，遠到看不見我們流淚聽不見我們哭喊。

家人也一次又一次地問神問佛問乩童，一次次地要改名要閉關要捐獻，要風水除煞要吃齋，要做甚麼我們都照辦，這樣一年又一年。四十歲時，你突然好了，大半年不喝酒，正常上班，定期探視妻兒。我們樂見你的轉變，並欣喜地過著這樣平順的好日子。你充滿信心地跟我們說，算命的曾說你將會在四十歲時出運。而你四十歲了，也果然出運了。眞好。

豈料，你突然失業，卻佯裝無事，每天都正常出門回家。半個多月後那一次週日，我回娘家，是中元節前五天，我們吃完了晚飯，你才睡醒，我想你可能心情不好，坐著陪你晚餐，輕輕的我問你幾句話，你不語，也是我意料中的。我卻從你緊閉的雙唇中，讀出顫抖，你在害怕什麼嗎？知道你也脆弱，只是探測不到你的內心，我拍拍你的背，讓你獨處，卻失去趁勢追問細節，直探衷情的機會。那天晚上你在門口送我，跟我揮手說再見，還附帶一句，車子開慢點。

不知怎地，返北途中，我腦海裡，一直烙著你落寞的眼神以及顫抖的雙唇，心很沉。

那天我沒有逼你開口，是想等你願意時再說，我還在等著聽啊！但是你怎麼可以就這樣離開了呢？

中元節前兩天，心因性休克，你被發現時臉唇已泛青，緊閉雙眼，無論爸媽怎麼呼喚，再也張不開，……平日貼心的你，竟用這種方式驚嚇爸媽？

多年來一次又一次的送醫，這次你終究回不來了。這是我成年之後，最後一次為你哭泣。姪女君兒端了一碗飯給你，跪喊三次：爸爸吃飯。喊第三聲時她已泣不成聲。你以前盼望她喊你，盼了幾年，如今她終於開口了，你可曾聽見？你可曾看見她的懊悔與傷痛？這是她幾年來氣你醉酒後的第一次開口，雖然有點晚，但我們也不忍苛責，畢竟她已失去父親。

對媽媽來說，失去你，做任何事情都了無生趣，過日子只是在呼吸而已。而爸爸則更沉默了，只有跟你兒女講話時，他的眼眉才有一點笑意。他們為你捐錢誦經做功德，掃墓時紙錢一箱箱買，就怕你在冥間受苦。

爸媽要走出失去你的傷痛，還需時間。至於你的妻兒子女，這幾年，也都很努力地工作與學習，並且不諱言談論你，所談，都是你的好、你的愛。他們談你帶他們騎車、學游泳，談你對爸媽的貼心孝順，談你的勤奮節儉……他們漸漸忘記你的醉酒，卻永遠記得你曾經的好。

這一切，你在天上是否都看在眼裡了？

你「獨立門戶、自力更生」這幾年，每次颱風季節，我們都擔心你單薄的居所會經不起狂風驟雨而前來探視。多少次新聞播報地震及土石流災情時，我們都爲你提心吊膽。每一年掃墓，爸媽與你的妻兒來此看到你孤零零地，總是觸景生情，黯然拭淚。三年了，依照傳統，你該去跟祖厝的長輩們團聚了。

祖厝房子寬敞堅固，長輩們多喜熱鬧，尤其是最疼你的祖父與期待著你的出生卻來不及見你滿月就走的祖母，還有祖父口中聰明絕頂卻早夭的叔叔，以及看著你長大的伯父伯母們，他們都在。去，你去見他們，該向他們請罪了。

長輩若責備，也請你好生領受，當作你一生受苦的句點。今天我們帶來蘋果蓮霧及釋迦，都是你愛吃的，請你盡情享用。也爲嗜酒的你備酒一壺，斟了三杯，你與天、地各酹一杯，感謝天與地對你的接納與照顧。我說的話，你也一定要歡歡喜喜的聽，好嗎？

我們選了個吉日良辰讓你遷居，你若歡喜，就請你給我們一個聖筊，並請你安心入祖厝吧。

畫像與記憶

之一：太師椅上的伯公

我不斷地探索我最早的記憶，祖先的畫像是我探索的依據之一。輝伯家牆上有三幀畫像，他們穿著長袍坐在太師椅，家人說那是阿公太、阿婆太與伯公。對我來說，阿公太與阿婆太是完全的古人，而伯公則是曾經活在我幼年歲月裡的長輩。

我們住同一棟橫屋，隔牆在同一個屋簷下生活。幼時，我們受到同居長輩們共同的護持。也許他曾斥責過我們的頑皮，或許也曾疼惜過哭泣中的我們。但是記憶裡的他，就是那樣坐在椅上，一手拿著扇子輕輕地搧呀搧，靜靜地看看著我們玩耍。

坐在太師椅上的伯公，成爲牆上的畫像，是在一種奇異的木頭油漆味出現以後的事，這源自棺木的味道，嗆鼻，令人噁心、頭暈、害怕。我初識此味，也許才兩歲，記性渾沌模糊，不是太可靠。確定的是它從祠堂飄散出來，伴隨一陣陣隱隱約約的號哭聲。我捕捉到的概念是：這怪異的味道出現，號哭與悲傷便跟著而來。

而後，我對伯公的記憶，只剩下片片段段無聲的畫面，不知這記憶是原本就存在腦裏的，還是牆上的遺像看久了，活化成伯公在世時的印象。

我努力追索這記憶，才發現也許與那道不輕易開啓的門有關。

我家族的祠堂右手邊，有兩條護龍橫屋。第一條護龍是堂伯公與他的兒子住。第二條護龍，則是伯公與祖父兩兄弟與家人住，按照內外長幼的原則，伯公家位於橫屋的裏間，與堂伯公家有門相通，直達祠堂正廳。家口繁衍後，那門不再輕易打開，保有彼此的隱私。

打開通往祠堂的門，定有大事發生。我仍記得那日，從大人身軀縫隙中，看到在卸下的門板上，躺著彌留中的伯公，通過那道門被抬往祠堂大廳，過程靜緩。一定有人在偷偷擦拭眼淚，卻被喝令不准哭。

閃現的畫面中，又跳出一張圖像，那是門板上的伯公，居然用一層塑料包裹著。我心中一連串的問號經過綿密的追蹤，終於連結到一個公事包——醫生的公事包，一個胖胖的醫生提著它進出家裡，那應該是更早的圖像。

這些印象潛入腦中，偶而會像幻燈片般閃現，由於訊號太過薄弱，連結起來就像拍攝技術不良、後製剪接欠佳的默片一般跳動著。

多年以後，問爸爸，才知：伯公因某種皮膚病臥床，醫生說不具傳染性，只因全身潰爛流膿，壽終時才會用塑膠布包裹。

人的記憶很奇妙，越是探索記憶的起源，就浮現越多，這些閃現不連貫的片段，恐怕只是其中一二。

之二：祖母的遺像

人的記憶很奇妙，有些事不經意就忘了，有些事卻想忘也忘不了。

我對祖母的記憶是從兩歲左右開始。雖模糊、片段，但我確實是記得的。祖母過世後，她的聲音相貌，不斷地透過大人的問題與牆上的畫像，繼續在我腦海中活著。

祖母住院治療時，我兩歲多，已曉言識物。知道祖母疼我，也知道祖母住院，家人也許想以小孫女的探視緩解祖母的苦痛，爸爸用他的老爺腳踏車載我前去。

那是一個下雨天，在下坡左轉匯入縱貫線的丁字路口，父女倆摔了車倒在路上。所幸來往的車輛不多，我們筋骨無傷，但，當時，父親臉上歉然心疼的神色，我一直忘不了。

忘不了的，還有祖母對我的那一聲聲客語暱稱「蝦公也！」，通常，她只消在房內對著在屋外玩耍的我喊一聲：蝦公也，來呀！我就知道有好吃的了，也許是一顆水煮蛋，或是一小條冬瓜糖。因為往往只有一顆、一條，所以要把我叫到身邊來，悄悄地給。

探視祖母的時候，她的病已經到了末期，見到孫女，現出一絲難得的笑容，我知道祖母高興我來，便要爬上病床陪伴她。她的病床一邊靠牆，我從外側爬上床，想跨過祖母到裏邊，一腳踩到祖母，她「唉唷」慘叫一聲，臉孔線條頓時糾結。

我當時只怕祖母生我的氣、不愛我了，長大後每想到祖母那一聲「唉唷」，我的內心就一陣緊。

「妳們要多照顧老弟！」最後她把對爸爸的牽掛深沉地託付給我的兩位姑姑。但，當時我還太小，不懂祖母的憂愁與牽掛。

兩歲半的我，雖不知道死亡為何，卻在靈堂對著祖母的遺體傷心大哭。之後的喪禮情節則完全不復記憶，只記得我曾被單獨留置在祖母房裡，一種深深的孤單感與從祠堂傳回來的號哭聲相伴，加上那刺鼻的棺木油漆味陣陣飄散在四周，使我惶惶不安。

悲傷的大人用他們的方式記念祖母，總愛問我：「阿婆怎樣喚妳？阿婆最疼誰？阿婆去哪裡了？」我的答案取悅了大人，也安慰了自己。那一段時間，常聽到大人互相說嘴：「三歲子，按曉得，阿婆惜她，有值了。」

日後家人常常指著牆上祖母的畫像問我，那是誰？還說我的長相、姿態，哪裡又哪裡像著祖母，幼時的我聽著這些，竟覺得神氣起來。看著牆上的畫像，透過大人的問題，我對祖母的記憶一直鮮活著。祖母竟似未曾離去般，我繼續被寵愛著。

有人質疑我，兩三歲小孩怎有記憶？或許是當年日子太單純，除了畫像，沒有別的可看，於是，望久而記深吧！

等待

伯婆在她的房裏彌留時，堅持不肯躺在她的紅眠床上，那是她的妝匳，要留給後代的，她不要在那裡嚥氣。遂移座在平日常坐的藤椅裏，親人環繞在她四週或站立或蹲跪，姑姑雙手握住伯婆的手，要她寬心地跟著那道光走，有菩薩領著不要怕。伯婆雙眼緊閉、眉頭深鎖，在滯重的呼吸中輕輕地點頭應答。

我看到堂哥躲在角落流淚，我沒有哭，心裡卻有如千斤石壓著般沉重。我知道，不久之後，伯婆將死去，會被裝入棺木中，埋入土裡，腐爛。而現在，她還有氣息，只是漸漸死去。

自從祖母過世後，我常羨慕堂哥堂姐有伯婆的寵愛與溫暖的包容，可以撒嬌、耍賴，我們住在不同的屋簷下，沒有同鍋共灶，平日只能在傷心難過或被責罵時，跟伯婆訴苦，適時得到她的安慰與鼓勵，其中雖少了一點親暱的寵愛，但也聊堪彌補親祖母早逝的缺憾。

就連爸媽也視伯婆若母，媽媽蒸煮什麼特殊好料，必定囑咐我們端一份孝敬伯婆。有一次媽媽不明原因地腹痛，虛弱地向伯婆求助，伯婆就像個母親般，指導媽媽如何抒痛，她溫暖的關懷照顧並幫忙料理家務，讓媽媽有所依靠而放心入院治療。如今，這樣一個溫暖的依靠，卻即將離去。

有親戚低聲地問：誰還沒到？

誰還沒到，很重要嗎？在這樣的時刻！我上前囁囁地喊了一聲：伯婆。我不知道我還能說甚麼？我只是想讓她知道，我來看她。她似乎聽到了我的聲音，微微睜開眼睛，看了我一下，並張嘴發出游絲般微弱的氣音，是在叫我嗎？我不確定，我也不記得伯婆還說了什麼，之後親戚們又說了什麼？大家都束手無策，只能等著，等著……等著一個結局降臨。

伯婆知道嗎？知道我們在等待她嚥下最後一口氣嗎？既是等待，就有期望之意，死亡是該被期待的嗎？這是一種多麼荒謬、無奈、殘忍又沉痛的等待。

死亡已是必然，大家都在等她死去，而等死的人算不算活著？家人是希望她早點擺脫痛苦，還是慢慢來，以免那一剎那的失去變成了永遠？或者期望有誰能夠施展魔法讓時光就此停駐，至少我們暫時不會痛失所愛，但是家人又豈忍她的痛苦無窮無盡呢？

這時，大人們什麼事也沒做，我也不知道我該做什麼，伯婆的呼吸越來越微弱，間隔越拉越長，到底哪一次吐納才是伯婆的最後一口氣呢？伯父伯母堂哥堂姐爸媽姑姑們都在等、在等。而我害怕那一刻的降臨，在一種莫名的恐懼下，我這堂孫女逃開了，我……不敢等。

幾十年過去了，藤椅早就成灰，但昔日的等待、懼怕、逃離的情景心境，至今仍鮮活在心中。

該怎麼說

上著課，教務處來人把一個學生找了出去，低語幾句之後，學生進來請假，阿嬤病危，要請假回家，順便要借一千元搭計程車，要趕時間。學生臉部的線條不自主的牽動著，抽搐，兩眼失焦，不知該望向何處。我在皮包裡抽出一千元給他，囑他路上小心。學生很快地消失在樓梯轉角。

每每碰到這種狀況，我就口拙辭窮，該講甚麼呢？我替你難過，你要節哀順變？他到天國享福了，你不要太難過？還是洋派一點的說 I'm so sorry，想哭就好好哭一場吧？

學生走遠了，我還在想這個問題，他臉部的抽搐也不斷在我腦中翻轉。一般學生在課堂上接獲即將面臨失去親人或親人已經大去的惡耗時，他們到底有何反應呢？有些女同學在收拾書包的同時，淚已成行，男生則大都表情僵滯，很少高中男生在教室哭泣；學生接獲消息時並不會注意人家在看他，事情過去很久以後他才說：當時腦中一片空白，以致兩眼失焦，臉部抽搐都不自知。碰到這種情形，我不會像有些菜鳥新聞記者訪問傷心的家屬時問道：你現在的心情如何？我大都只能拍拍他的肩膀，叫他路上小心。我，我辭窮啊。

有一位女學生的母親罹癌多年，住安寧病房也已數月，請了幾次假都因母親病危，第二天又笑盈盈回來上課，說已脫離險境。女學生的父親寫email來替學生請假：「這幾天是關鍵，怕就要有大事發生了，請准許她隨時回家」那兩三天，我特准學生把手機開著帶在身邊。她不想讓別人傳話，她自己接收了訊息，然後默默收拾書包，空洞的雙瞳鑲在木然的臉上，僵直地走出教室，沒有淚。報喪的電話，終究還是來了。我仍舊只是拍拍她的肩膀。事後聽同學轉述，她哀痛到無法開口言說，沉默與木然只是她的包裝，雖已演練多次，心裡早已做好準備，眞正面臨時仍無法淡然。

曾在辦公室見到一位國中部男生，背著書包等老師開車送他回家，短短的幾分鐘，他不斷地來回走動，還頻頻問道：「我媽媽怎麼了？爲什麼要我現在回家？我要上課啊！你們要我立刻回家一定是有事，那到底怎麼回事？我媽媽是生病沒錯，那我爸爸呢？他怎麼不跟我講話？……」幾乎都要哭出來了，只見行政人員不是低頭辦公就是眼神閃爍，面面相覷，主任只好寬聲安慰：「你爸爸現在正在忙，無法分身來接你，等一下老師載你回家，你爸爸再跟你說清楚……」孩子的焦躁，不知是不是心電感應，他那患憂鬱症的媽媽剛剛跳樓走了，爸爸正在警局做筆錄，還是親戚打電話到學校來請假的。這樣的狀況，任憑人事經驗豐富的主任，也難以啓齒明言。我未說出口的是：孩子啊，你要勇敢、你要諒解。

處理學生的事已覺艱難，自己親身面臨時，又能如何呢？

當年，爸爸打電話來告知：「你弟弟走了……」，雖然曾經設想過狀況百出的弟弟萬一出事的話，該怎麼辦。一旦眞正面臨事情的發生，還是哀痛流淚手足無措，正要用餐的我食不下嚥，連口水都吞不下去。連夜收拾行囊開車南下，爸爸只能囑咐：「開車要專心，不要想太多」而老年喪子的他如何把這消息一一告知親族？拿起電話的手是不是在顫抖？他如何把「死」這個字說出口？他其實說不出口，他都說「走了」。那時弟弟與弟媳因故分居兩處，爸爸打電話去通知弟媳時，是還在讀小學的姪兒接的，聽到阿公說你爸爸走了，他還反問：「我爸爸去哪裡？」雖然百般不願意，爸還是得把「走了」解釋清楚，姪兒一聽，就「哇」失聲號哭，孩童的至情至性，無須遮隱掩飾，電話另一端的爸爸則邊拭淚邊呼喚：「齊齊，齊齊，聽到沒？齊齊，先別哭，……」終於電話兩頭老與少都泣不成聲。

死生事千萬難，這項人生的功課一輩子都在學，要怎樣才能雲淡風輕呢。

輯四

十姊妹那些鳥事

世界上應該沒有一種動物比鳥類還要絢麗多彩的吧。市場邊小巷裡的鳥店，讓我駐足不捨離去。我認出各式鸚鵡、朱鵲、五色鳥、畫眉，都漂亮耀眼。讓我一度衝動想買。

我記得，小時候家裡就養過小鳥。那是在我六歲前，媽媽說那是十姊妹。那時，鳥商從購買幾萬元的大戶手中，周轉出兩對賣給祖父。祖父特別交代媽媽去割些豬肉、粉腸之類，煮了一頓難得豐盛的午餐向鳥商致謝。兩對十姊妹，價兩千。

我對十姊妹已經沒有甚麼印象了，便問店老闆：「你們有十姊妹嗎？」

老闆一副納悶神色：「十姊妹既不漂亮，又不值錢，沒人在賣啦！」

我說：「怎麼不值錢？我家養過，一對一千元呢！」

老闆立刻回說：「一對一千元？啊，那一定是民國五十幾年的事！那時，黃金一兩也大概才一千多兩千元。」

記得，長輩們說過，那時，讀中學的堂哥堂姊們，註冊費要一百多元。更記得媽媽種的空心菜，大人兩手掌合握不住的一大把空心菜，也才一塊錢，剛好夠我久久理一次頭髮的價格。

從鳥店回家後，便跟媽媽聊起十姊妹那些事。

媽媽說結婚當年，聘金三千元，還是祖父賣了耕牛才湊出來的，而祖父卻花兩千元買四隻小鳥。我們五兄妹年幼時，常缺衣少鞋，即便祖父只拿出兩百元給孩子治裝，媽媽都會感激涕零。當時，爲了那兩對十姊妹，媽媽說她氣到流淚。於今事過五十幾年，她仍感慨萬千。爲免媽媽感傷，我只得中斷話題。

假日再訪鳥店，老闆給我上了一課。

那時，日本人喜歡漂亮的錦翠鳥，但錦翠不善孵育，十姊妹的褐色羽毛，一點都不起眼，然而牠的善孵善育，成了錦翠的最佳代母。十姊妹便成了日本人的搶手貨，全臺到處有人蒐購。加上電臺的宣傳，短期間，幾乎全臺陷入養鳥風潮。原先一隻幾十元，兩三年間漲到五百元。市場供需活絡，買方急尋，賣方惜售，於是民眾瘋狂追高。所以，有人推算，最多只要半年就可以回本，並且不斷翻倍地賺。

後來，媽媽又陸陸續續地說著那些鳥事。

鳥商特地送了兩對鳥蛋給祖父，說是只要孵出小鳥，悉心照料兩三個月後，就可以長成出售了。然而，那幾顆蛋孵了一整個月都沒有結果。其中一隻十姊妹，甚至莫名死去。

沒死的十姊妹，幾個月後終於生了蛋，並陸續孵出小鳥。

剛開始，祖父買了兩個大鳥籠，十姊妹的活動空間相當充裕。陸續繁殖一年後，鳥籠越來越擁擠，而祖父並未再添置鳥籠，也許是想等十姊妹賣出，就會恢復空間。可是小鳥尚未賣出，祖父根本沒有餘錢買鳥籠。

後來籠子實在容納不下了，餵食時，門一開，小鳥便飛出籠外。媽媽說，乾脆就讓牠們自由進出鳥籠。祖父對此未置一詞。此後，家裡便四處有鳥蹤。但，只要房門關好，小鳥便飛不出去。

十姊妹在屋內自由活動，糞便拉得到處都是，媽媽農園工作勞累，回家後，還要清掃鳥糞，刷洗家具衣物，迭有怨言。養鳥伊始，唯恐照顧不周而病死虧錢，自是悉心照顧，不敢馬虎。後來鳥子鳥孫越來越多，需要更多飼料，爲了省錢，媽媽將剩飯摻水打散成飯粒，或是買棵大白菜餵養，也養得健康活蹦。

那時候，我常跟媽媽上山。記得有一天，我跟著媽媽到茶園採茶，原本颯猛認眞，流了一身汗，媽媽頻誇我乖。後來突然瞥見一群麻雀低飛到鄰近樹林裡，不久，又成群飛出、之後又飛進、飛出。那些在天空飛翔的小鳥，跟家裡的十姊妹不同，牠們飛翔的姿態好好看。

我驚呼道：「媽媽！妳看，好多小鳥在飛，牠們飛到樹上了，妳趕快去抓給我。」

媽媽說：「小鳥怎會乖乖在樹上給我抓？」

我說：「那你抓天空飛的小鳥給我！」

媽媽說：「小鳥在天上飛，我怎麼抓得到，回家後，我把家裡的鳥綁了線，抓給妳玩。」

我說：「我不要，我就是要天空飛的鳥。」

媽媽又好氣，又好笑，說我眞是有理說不清。

我喜歡鳥，但實在不喜歡家裡的十姊妹，除了髒亂的鳥糞、鳥羽，我也知道，那些鳥是要賣錢的，不是給玩的。

後來，就像鳥店老闆說的：「養鳥熱潮是日本人炒作出來的。你祖父買鳥時，已到鳥價的最高峰。」

衆人所估計的高行情，祖父確實沒等到。家裡養小鳥兩年後，突然間，日本人不買鳥了，商人不再收購了，行情開始節節跌落。最後連一隻十元都沒人要。事實上，連街頭賣烤小鳥的攤商也不要，他們烤好卽食的香噴噴的鵪鶉比十姊妹又大又便宜，誰還會買十元一隻乾巴巴沒肉又醜不溜丟的十姊妹？自始至終，祖父的十姊妹，一隻都沒賣出。

還記得那時，家裡時常發生爭吵，有一天，我看到媽媽在氣頭上，索性把鳥籠拿到外面，打開籠門任小鳥飛出，原本在屋內跳上跳下的鳥，門開後還不懂得逃出，媽媽拿起掃把，大動作一揮，所有的鳥兒都驚飛出去了。

原來，十姊妹也會飛啊！我呆呆地看著。

之後，家裡的爭吵少了，不再滿地鳥糞、鳥羽、鳥食，祖父不切實際的橫財夢也醒了。那些鳥事，隨著十姐妹的飛走，通通結束了。

我家門前有小溪

我家門前有小溪，溪裡矗著水利局的工程碑，刻著「枋寮坑溪整治工程」字樣，溪流對岸有稻田與菜園。在沒有抽水馬達的年代，田裡的水，要從上游蕩水，然後引到田埂邊的小水圳，再流進圳水邊的每一塊田裡。菜園則借田水解渴，圳裡田裡沒水時，則得下河挑水上岸。

如此，養活著世世代代溪邊夥房裡的老老小小。

到對岸有兩種方式，抄近路走家門前的獨木橋，或是走到一百公尺外的鋼筋水泥橋。

獨木橋原是一整塊刨整過的實木塊，約十公分厚，五十公分寬，兩三公尺長。它在爸媽都說不清的古老年代，隨著大水漂流而來。溪流上游流經的深山老林是先民伐木之所，想必如此好料便是從彼處漂流而來。先祖們攔下來後，在一端鑿孔，拴上鋼索，套在苦楝樹上，另一頭搭在岸邊突出的牛肝石上，便成了天晴水淺時過河的捷徑。

獨木橋夠寬夠厚，橋面距河床約莫一公尺，夏天時坐在橋上，看近處婆媽洗衣滌物，遠處頑童戲水，下游還有水牛泡水。我雙腳晃啊晃，看水中魚蝦追逐覓食，看天光雲影，習習涼風吹來，樹竹搖曳搭配蟲唧鳥鳴，覺得日子好慢。那可眞是無憂的童年。

我家門前的道路與溪床相距約莫三四公尺，雨水豐沛的春夏秋，一年總有幾次豪大雨，暴漲的河水淹沒了對門所有稻田，從我家這頭望去，滔滔濁水，汪洋一片，橫無際涯。鋼索拴住的獨木橋載沉載浮在河面，我們會說，「橋被打掉了」。河水退後，夥房裏就會有人吆喝著搭橋去。靠著河水的浮力，五六七個壯丁又扛又頂，很快就把橋搭好，過河就不溼鞋了。

天青氣朗久久不雨時，則水淺差可沒踝，頑童偷偷下水戲耍正好。

我最早對這溪產生印象時，也許才三四歲，或者五六歲，趁著大人忙活不注意時，隨著兄姊與夥房裡的大小孩子們，在河岸沙地上灌蟋蟀。拎著米酒瓶，或是紹興酒瓶，到河邊裝水，上岸後對準沙地上的孔穴，就往裡灌水，未久，蟋蟀就從另一個孔洞竄出。頑皮的男孩立刻就把蟋蟀抓去玩，我則繼續灌蟋蟀。

稍大一些，便下到溪裡抓魚網蝦摸蛤蠣。溪水清澈，魚蝦清晰可見，大孩子傳授伎倆，如何拿破畚箕在水草間或石縫處抓蝦捕魚，我的技術極差，不是蝦子到手後跳走，就是小魚在指縫間溜走，大哥哥小姐姐們不嫌棄，仍留我跟著學習並聽候使喚。水深淺不一，深處可及腰，並有看不見的暗流漩渦，傳說水鬼都潛伏在那裏抓小孩。因此我們只敢在淺水處摸魚，平日，沒有大人陪同，我們是被禁止下河的。大人忙山活田事已累得午休睡死，豈有閒工夫陪孩子到溪裡戲耍？盼等不到大人相陪，於是便趁著大人工作或午睡時，偷偷摸摸去。

那時夥房裡的大孩子，像串聯革命般，用耳語眼神，密傳下水的訊息。初時，我膽子小，深恐爸媽尋找，而東窗事發連累大家。下水一二十分鐘，便急急上岸回家，若無其事地裝乖。幾次後，膽子大了，還參與大孩子的野餐。我們分頭回家張羅醬油鹽巴火柴或錫罐子，有些則在溪邊收集乾草枯葉，疊幾顆鵝卵石當爐子，架上錫罐，放進衆人捕獲的魚蝦，起了火，不一會，兩三指寬的小魚，一指粗的小蝦，便都熟透了，一人分得幾條小魚，幾尾小蝦，灑點鹽巴，那滋味眞是香甜，吃完還不斷吮指。

也眞有東窗事發的時候，有些膽子大的男生，就在深水處游泳，樂不思歸，待覺察天候已晚，回家總得吃一頓「竹筍炒肉絲」。就算比大人早一步回家，大人看孩子膚色，便知泡過水了，孩子硬拗強辯，大人用指甲一刮，立馬刮出一條白痕，玩水的鐵證勝於雄辯，免不了挨一頓打。

但竹筍炒肉絲是吃不怕的，密語暗號預約下一次的溪邊遊戲。最盛大的一次，約是在我小學五年級時，比我大幾歲的堂姑堂叔計畫在溪邊竹林下搭建一座豪華小屋，當作我們暑假的秘密基地。柴刀砍竹，鋤頭整地，工程浩大。大小朋友齊心協力，眼看小屋骨架搭好，竹葉乾草鋪上綁好，就快要完成了，只待分工下水抓蝦撈魚再一次野餐，不料傳來父親命令，家裡有事要幫忙，限時回家，不得有誤，否則扁擔伺候。我只好恨恨地離開，那秘密基地與豪華野餐就這樣被畫上句點。

爸爸不讓我們下水，卻自己去。他白天忙工作，只能晚上與輝伯或單獨一人去，他是去抓螃蟹。聽說我小時候最愛吃河蟹，那吃蟹時享受美味的萌樣，應該是爸爸不畏秋寒，泡在河水中一整夜的動力來源吧。整夜的搜尋，捕獲一大桶的毛蟹，夠我們全家吃好幾餐呢，比起爸爸抓的螃蟹，我們的那些用錫罐燒烤，一人分得幾口的小魚小蝦，可真是小兒科呢。但，魚蝦雖小，卻樂趣無窮。

溪流滋養水裡的魚蝦蟹，以及岸邊的植物，還有稻菜作物。岸邊綠竹一叢又一叢，春夏時節，家家都有鮮筍可吃，吃不完就鹽漬或晒乾或出售。從土裡挖出到上餐桌，不過一兩小時，不論清炒或燉煮排骨，鮮甜滋味應是壓過市場買來的。有時衆家姊妹互邀一聲，大家拿只籃子，便到溪邊採野蕨，當晚就有蕨菜上桌了。無論起鍋前打顆蛋的清炒，或配上福菜拌炒，都香甜爽口，那是我極愛吃的野味。

家家都有抽水馬達後，洪汛欲來，彼此吆喝著趕緊搶救馬達，否則極可能被大水沖走。淹過水的稻田，很是悽慘狼狽，泥濘不說，還遍布枯枝草屑與垃圾，若是碰到稻子結穗熟成時，那眞是無語問蒼天啊。

我們長大離家後，每每遇到颱風豪大雨，總是擔心那暴漲的溪水會不會淹漫門前路？家人安不安全？暴漲的溪水往往在我們問安電話後幾個小時，便慢慢消退，彷彿嚇過我們，便該收手了。

不知哪一次的豪大雨，又灌爆了溪流，待溪水退去，連栓橋的苦楝樹也消失了，獨木橋就這樣失去蹤影。從此，過河，都得繞道走鋼筋水泥橋了。

大水年年來，S形水道，一邊沖刷，一邊淤淺。水利局來進行河岸整修工程，夥房這邊加了短牆，田那邊也築了堤，築堤後，潰決，又築。堤防總算保住了那些田，保住曾經的茉莉園，與現在的零星菜園。

溪邊蘆葦歲歲白頭，竹叢樹冠則年年青綠。日昇月落，天地若有情，若無情。河深流淺，溪水似無情，似有情。

流年輪轉，萬物遷化，夥房裡的老老小小，有故去的，有新生的，有長大成家的，有嫁出娶入的。房子改建了，長高了。我這昔日的黃毛丫頭到如今也已青絲摻白髮。

我爬上三樓四看，看夥房、溪流、道路、田地，撫今追昔，認眞覺得變化好多。想來，唯一不變的，就是日月依舊，依舊照看著悠悠溪水，照看著溪邊一齣齣一幕幕的流年遷化。

記得當時年紀小

那時，家裡沒電視，甚至連收音機也沒有。哥姐上學去，我還沒上幼稚園的日子，很是無聊。一日，弟弟妹妹跟大人們都睡午覺了，只有我還精神得很，看著院子裡矮牆下那隻花貓懶懶地趴在地上，瞇著眼望向我，我便坐在門檻上跟牠相看兩不厭，我很好奇貓咪的眼瞳爲什麼是一條直線？沒有蟲鳴鳥叫，連雞鴨豬狗都睡午覺的夏日午後，四周闃靜到似乎連時間都忘記流動，我與貓咪就這樣對望著，直到天際一聲聲悶響劃過，我才起身追出去，只見天際一架飛機，越飛越遠，直到消失，待回到簷下，貓咪已經不知去向，我繼續坐在門檻上，獨看簷影漸漸拉長。

此後，每看到飛機，我的心就跟著飛，我一直想，它到底要飛到哪裡去，那裏有些甚麼人與事？常常如此，想到呆掉。有時只是聽到聲音，心也跟著飛。

對童少的我來說，飛機好像有一種魔力，可以把我的心帶到遙遠的地方。

後來，我上過一陣子幼稚園，幼稚園就附在村長家，當時年紀小，到底學了些甚麼，唱了什麼歌，做了什麼遊戲，現在全沒印象，只記得大家排排坐，一起吃餅乾，一起排路隊走回家，感覺很神氣。

哥哥姊姊放學回家後，我就成了他們的跟屁蟲，喜歡聽他們說國語，跟他們玩。他們有時也嫌我麻煩，想把我甩開。有一次，我用破瓦片在大石頭上寫ㄅㄆㄇㄈ，有一個年紀跟哥哥一樣大的小堂姑驚訝地對姐說：「她怎麼會寫？」然後附在姐耳朵旁小聲說：「我們以後講話要小心一點，她好像聽得懂國語。」我在一旁假裝沒聽到，其實暗自得意著。

我比弟弟大兩歲半，弟弟也比妹妹大兩歲半。爸媽出外工作時，就由祖父照顧我們，如果祖父也外出，我就成了媽媽的小幫手，領著弟弟妹妹在家。

我會推搖籃哄妹妹睡覺，鄰居童伴來邀玩，也會幫著我。大家輕手輕腳，小心翼翼地。妹妹睡著了，我就帶弟弟跟童伴出去玩。妹妹若不睡或剛醒來，我得看顧妹妹，又想跟童伴玩，就只好把妹妹揹著。妹妹長得胖嘟嘟，我揹得吃力，有時，妹妹沉沉地從我背上滑溜下來，我的雙手無力往上托，妹妹的雙腳就在地上拖著。鄰居伯婆或叔婆太往往會好心的收留妹妹，叫我回家拿尿布給妹妹備用，然後叫我放心地帶弟弟去玩。

就在那一段時間，家裡養了一隻叫「哭囉」的黑狗，黑狗耳朵很長，毛很亮，站立起來，比三四歲的弟弟還高，常趴臥在大門口。而我們也常拍拍牠的背、摸摸牠的頭，逗狗玩。有一天傍晚，在我們逗狗的時候，大黑狗像瘋了一般飛撲過來，咬傷弟弟的額眉，一時之間，血流、狗吠，弟弟嚎哭，我驚聲尖叫、不知所措，幸虧爸媽很快就被弟弟的哭聲引來，並立刻帶弟弟去擦藥包紮。

我那時年紀還小，沒有人責怪我，倒是那隻黑狗被狠打了一頓。弟弟傷好了以後，額眉處仍有疤。看到那道疤，我就想到狗會咬人。也許我與狗不親，就是緣於此。

那一陣子，夥房裡爲了恩主公廟要做醮養了好多羊，我負責照顧我們家的一隻小黑羊。牧羊時，童伴一人牽一頭，互相招呼著。小黑羊並不小，比我還高。我常牽著黑羊到家後面的小山坡上的茶園邊去吃草，茶園與道路隔了大水溝，水溝深及我的腰部，每次跨越都要蹲跳過去。小黑羊通常很聽話，不亂跑，吃飽了，就乖乖跟我回家。我們像朋友一般互相陪伴。有時候，黑羊也會耍脾氣，不跟我走，我便使盡力氣拉著他。

有一次，剛下過雨，水溝的水大，黑羊不知爲什麼，跑了起來，我拉不住，便跟著羊後面跑，羊跨過水溝後繼續往前跑，我跨不過便整個人掉進水溝裡。衣服濕了，一雙拖鞋也被水沖走了，童伴把我拉出水溝，我只有驚嚇，沒有哭，往前追，卻不知要追羊還是要追拖鞋。

那年冬天，恩主公做醮，場面盛大。我不懂做醮，只看到祭臺上好多殺好的豬隻、羊隻。我們的黑羊，也在上面，戲臺上，鑼鼓喧天，演什麼我不懂，人來人往，都是我不認識的人，我想回家，循著放羊的路線走了一兩公里，我從不曾一個人走這麼遠的路回家，我以爲迷路了，走著走著，卻到家了。

記得當時年紀小，許多懂的不懂的事情都混在一起，許多記憶兀自留存或者消散，日子就這樣靜靜地透迤流淌……。

記憶迷藏

大年初三，依往例，是姑姑們回娘家的日子。爸爸有兩個姐姐兩個妹妹，四個姑姑在十一點多時一一抵達，例行的送禮、拜年，例行的吃飯、聊天，例行的一年又一年，年年歲歲花相似，然而，歲歲年年，人，不同。一些幽微的變化，年復一年悄悄地滋長，我們卻要在多年的累積後才覺察出。

在一片喧鬧聲中，衆人的眼光，有意無意地追隨著三姑，三姑沒吃多少東西，卻說已經吃飽了。她坐不住，便起身走來走去，衆人還在喝酒、聊天，講笑話，三姑已經屋內屋外遊走好幾次，然後說，要走了。我們趕緊放下筷子，把三姑哄入座，再吃一些菜，再找話題聊一陣。

吃完飯，還要例行的照全家福。擺椅子，安排座次，擺相機⋯⋯一切正在進行中，三姑卻悄悄的往夥房外馬路走去。眼尖的四姑，趕緊去把她拉回來，怕她走失，是家人潛藏的另一層憂慮。

審視歷年的全家福照，爸媽姑姑們，除了外貌的變化外，大家的眼神都愈來愈慈祥了。有時，慈祥也是一種善意的說法。一般人聚精會神時，或睇視某物時，那種眼神往往帶點殺氣，在我們出神發呆時被促狹偷照的相片中，則往往顯現一種溫柔無邪或者說慈祥。這一年，七十歲出頭的三姑，眼神經常透露出來的，就是那種說不出的渙散與出神。

元宵過後掃墓，三姑沒來。未婚的三姑及四姑對年度家族掃墓是從沒缺席過的，這次三姑卻沒來。掃墓完，四姑遂約我探視三姑。三姑從事宗教工作，跟道親們一起住在廟裡，她的輩分高，掌理教務數十年，與大陸東南亞各國廟宇都頗有往來。她現在已呈半退休狀，有人照顧著，但是不一定有人陪著聊天，三姑此時最需要有人陪著多聊聊天。

我們到時，看她正一副閒情適意優哉游哉地。問她怎沒回去掃墓，她眼神略過我們，沒回答。不知是根本忘了這件事，還是因爲不想讓人家知道她忘記了，而裝作若無其事般。突然，她卻像是想到甚麼似地，對我說：「妳就是阿霞啊，我怎麼會不知道！」彷彿她與我久未重逢，乍相見卻依然記得我般，那對我來說儼然是一種盛情。弟妹則反問三姑：「那妳知道我是誰嗎？」結果三姑答錯了，我們一行五人，除了四姑和我，她認錯了三人。大家一一笑著自報身分姓名，她卻自顧自地走開。

她知不知道自己的記性變差了呢？我發現她只要出了差錯，就會脫離談話的現場，踱步而去。我們只得跟上前去，尋找話題。

我小學時，三姑還住在家裡，專職幫人裁製衣裳，我們姊妹都穿過三姑裁剪的洋裝及內衣褲。那時的三姑，留著兩條長辮子，額上的瀏海微卷，襯上她的瓜子臉，很是清秀。我喜歡看三姑踩縫紉機的樣子，也喜歡看三姑的時裝雜誌，她教我縫布邊釘鈕子，三姑也教我讀弟子規，背論語。偶爾還會督促我們的功課，她教我讀課文時要先了解文義，每一個辭彙的注釋都要記起來。我就是從那時候起才漸漸領略文字的奧妙。

「三姑，我聽媽媽說我的名字是妳取的？」「是啊。」「妳還取了誰的名字？」其實我們姊妹的名字都是她取的，但是她看向遠方，不回答我，不知道她是沒聽到我的問題還是在努力尋思答案。「三姑，妳記得嗎，我小時候喜歡畫圖，妳看我畫得好，還獎賞我五元呢！」她仍舊不理我。她這一塊記憶躲起來三姑找不到了嗎？

「過年回家吃飯，妳有沒有看到二姑？」我想測測她的短期記憶。「妳二姑中風了。」她快速回答，語尾還上揚。說完，她的思維彷彿退縮到一個混沌的某處，眼神飄移著，不知她到底在看什麼。

二姑中風是元旦前幾天的事，媽媽也在那前後跌倒兩次，家族剛剛經歷一小段兵荒馬亂的日子，距今還不到兩個月。爸爸跟四個姑姑間，彼此感情深厚，二姑中風，家人已數度前往探視，大年初三，二姑就是坐著輪椅進出娘家的。三姑說二姑中風了，神情像不經事的孩童般，沒有半點哀傷或不捨，那上揚的語調彷彿意味著她知道二姑中風是件很神氣的事，也彷彿昭告大家，她，是知事懂事的。然而她知道中風的意思嗎？

爸爸原本有位弟弟，聰明伶俐，卻在七歲時早夭了，三姑那時約莫四五歲，四姑還未出生。姑姑們每每談起這個兄弟便無限心疼惋惜，而三姑也還記得她的小哥哥，手指比著七，重複地說比她小七歲，事實上，是三姑比爸爸小七歲，而叔叔是七歲過世。她現在一碰到數字就說不清彼此的關係，顯然抽象思考已經出現困難了。

四姑說三姑不肯就醫。她不認爲自己有甚麼不對勁，當她跟衆人爭執某事，最後被指正錯誤時，她就閉嘴退開。那麼她承認自己記錯了，說錯了嗎？如果她知道，她是否傷心難過？她有沒有企圖想要記起某事終不可得，而暗自神傷？還是她對自己的退化毫無覺察？

我們聊最近的天氣，問她冷不冷，她說穿很多，不冷。看她走路有點跛，問她哪裡不舒服，她說前幾天爲了趕院子裡的小鳥，摔了一跤。太好了，她還記得摔跤的原因。三姑邊說還邊拉起褲管給我們看瘀青的小腿。

我們在二樓陽臺倚著欄杆聊天，不鏽鋼欄杆汙了一塊，她去拿抹布擦拭，一如她住家裡時對我們姊妹居家整潔的要求。對於冷熱傷痛潔汙，她仍是有感的，我稍感安慰著。

四姑清點儲藏櫃裡的她買給三姑食用的營養品，問她有無按時吃，三姑卻把罐子丟回櫃裡，一時乒乓作響。四姑拿出來再問一次，三姑又丟了一次，我們面面相覷，這算是回答還是病症？

我查過資料，八到十年的失智病程，到最後，病人會忘了言語，忘了如何嚼食、如何便溺。看著偶爾迷茫的三姑，我想到已經住在安養院兩年，包著尿布、插著鼻胃管呼吸器，不言不語一如植物人的伯母，那情景令我打了一場寒顫，不敢再想下去，這近乎詛咒的聯想，讓我深感罪惡。三姑沒有就診過，我們甚至不確定目前正與記憶捉迷藏的三姑是不是得了阿茲海默症？

我們告別三姑時，她從糖果盒裡找了她認爲最好吃而我們也十分愛吃的巧克力分送給我們，一如去年、前年過年時，想必她還記得自己的喜好。我特向三姑多要了幾顆，她回頭認眞地從各色糖果中，挑揀出了一小把給我，我握在手中，好珍惜，不知道下次再來時，三姑還認不認得我。

雪中情

下雪了。有人喊。

四周遊人立刻抬頭尋找雪蹤，徐徐緩緩飄下的雪絲極細極稀疏，在向晚藍黑色的天空下，若非特別敏感，特別有心，還眞不容易發現。尤其此行首爾，我根本沒有想到，能夠遇上雪。

生長在臺灣的我，第一次看到雪是在高中時，參加冬令自強活動的東埔健走，帶隊老師指著遠處高山告訴我們，那山頂的白色是一層雪。頓時隊伍行走的腳步加快許多，希望能夠早點一親雪的芳澤，然而那讓年輕的心悸動不已的高山積雪，卻彷彿跟我們保持等速前進般，永遠無法觸及。遠觀既太過渺茫，腳步就不覺慢了下來。後來看到羼和著草屑泥粉隱身雜草堆中的殘雪，就近在腳邊，立刻俯身觸看，卻發現那簡直就像是誰把吃不完的刨冰任意傾倒在草叢中般。在書中讀到的皚皚白雪一直是聖潔白淨，從沒如此猥瑣汙穢。一時，心中那對雪的悸動，退化成小小的失落。

直到結婚仍無緣親睹白雪的面貌，卻曾聽聞婆婆提及家鄉東北的雪景，她閒閒的說起少女時期在冬天結冰的湖上溜冰是多麼的稀鬆平常的事，小山坡上的滑雪，又是多麼的稱心適意。然而婆婆卻不肯多說。那時她的父母兄弟俱亡，談故鄉太遙遠，也太沉重。也許是她怕放了太多感情之後，那收不住的鄉思會氾濫。婆婆那一閃即逝的憂思，牽引著我。我只能臆想著少女婆婆穿著棉襖圍著圍巾，在溜冰滑雪時兩根長辮子飄揚的情景。雪，遙遠的雪，我替婆婆思念著遠方的雪。

終於，有一年夏天遊歐，在瑞士鐵力士山看到的終年不化的冰雪。我們從山下搭纜車上山，走過蜿蜒的冰窟隧道後極目四望，雪山壯闊巍峨、連綿不絕，它潔白堅硬，儼然化石一般，幾千年來亙古長存，然而，除了遊客，山上不見任何生物，除了亮白與帶著陰影的白，沒有第二種色彩，它少了一種活力，一種生氣，它不屬於人世，縱使我們熱情的召喚，白雪仍只是遊客拍照片的背景罷了，不管我們如何在其上行走坐臥，雪依舊是雪，遊客依舊只是遊客，雪山執拗地不與我們互動，縱有年輕遊客脫光上衣在雪地裡打滾，那固若磐石的堅冰依舊不爲所動，我們沒有留下任何雪泥足印。然而，白雪不就該是柔柔細細綿綿軟軟的嗎？春暖時，積雪不就該溶化爲水，灌溉大地的嗎？

此行冬遊首爾，只是想短暫的脫離日常俗務瑣事，跟著同事們去玩。至於要到哪裏，會碰到甚麼，我根本沒做功課，行程表也沒研究，我就只是想要放空地跟著走，壓根沒有任何期望。

同事們紛紛抬頭張望藍黑色的天空，我也伸手接捧，好不容易才見到一絲飄落，卻頓時消溶，在手中化爲烏有，那眞是雪嗎？那輕輕巧巧飄落的細絲，可眞是雪嗎？周遭疑聲四起。卽便是雪，若不像柳絮翻飛，至少也得像灑鹽空中吧，這樣百無聊賴的一絲，一絲，渾然顚覆我對下雪的印象。

晚上梳洗完畢，推開窗子，只見窗臺上已有淺淺一層霜白覆蓋，伸指一畫，柔細冰冷，果然是雪。遠望街道上，也已覆蓋著一層白，一層白雪！對於雪的悸動使我久久不捨入眠。惦著雪，我在夜裡頻頻起身，推窗探看雪的深度。在我第三次探看的時候，窗臺積雪怕不有十幾公分厚了。

我躡手躡腳下樓，與夜雪相會。屋頂、窗邊、街道、路樹、一片雪白，細雪還在飄著，稀稀落落溫溫婉婉的，飄在我的髮上、身上。招牌霓虹已全熄滅，深夜的街道卻亮白如晝，原本應該墨黑的天空竟也呈現幽幽的深藍。我彷彿走進了童話世界，也彷彿走進了婆婆少女時代的冬季故鄉。昨天到處是落葉斷枝枯草的地上，已經鋪上厚厚一層白雪，樹枝以及向風面的樹幹盡皆粉妝玉琢，這時，我一點也不嫌她粉撲得太厚了。不時有陣風吹來，枝上白雪撲簌簌落下，落雪又被陣風粉碎飛揚，一時大雪紛飛，四周陷入霧濛濛雪茫茫之境，打在臉上的雪片，是這麼柔軟清涼，讓我遲遲不捨拂去。在這雪夜，沒有車聲人語，沒有蟲鳴鳥啼，除了風聲，不管飄落的是寂寥的雪絲還是瘋狂的雪片，一一都悄無聲響，一切都在靜默中發生，在靜默中結束。

剛踏出飯店大門時乍見地上厚厚的積雪，綿軟無痕，還沒有任何足跡踩過，我也遲疑著該不該破壞初雪的原貌，終究，我還是擋不住躍躍欲試的念頭。帶著一點興奮，慎重的踩下每一步。再回頭看看那些深深淺淺的足跡，彷彿正在演繹著一則則的故事，冰冷的雪地立刻有了生命般，躍動起來。童話世界裡有了人煙，就不再渺遠。可是，我又有點擔心了，擔心明日誰將會疊上我的足印，他、她、他們凌亂的足痕裡，我將會認不出那一雙才是我的。我的憂鬱才剛開始，不想，在街道另一頭，就發現了別人的足印，足印主人走了一圈，回頭，以致我一開始並未發現，有人比我早一步踏上雪地。想必那人應該與我有共同雅好吧。這麼一來，我的憂鬱不藥而癒了。

踩著鬆軟的雪地，感受著白雪被我的體重擠壓下陷發出的喀喀聲，周遭是這麼安靜，踩踏白雪的聲音清晰可辨，彷彿在跟我說：妳該減肥囉。我失笑地蹲下，掬一捧白雪細看，它是這麼鬆軟綿密、這麼不摻一絲雜質的純白潔淨，我不想去擔憂天亮後這樣的純淨還能維持多久，我只是情不自禁地湊近深吸一口氣，哈出白煙，冷涼的空氣是這般清新，讓人感到冷靜而不致哆索。

我在深夜的異國雪街，獨自感受著，屬於我一人的雪夜。也許，不曾期待反而會碰到更多的驚喜與感動。只是不知下一次再遇飄雪會是何時何地？我上樓推窗，痴望著雪景以及我留下的完整雪印，我將深深地記憶這一刻。

龍眼的滋味

小時候好愛吃龍眼。

那是一種不必花錢的季節性水果，很普遍，只要有一塊地，不管在山巔水涯，還是前庭後院，龍眼樹總能覓地求生。因此農村家家戶戶都有一兩棵或更多的龍眼樹。每年暑假，總盼望龍眼快點成熟，我們就能大快朵頤。

在我家祖傳圳尾瘦田的駁坎上，有一座土地公廟，及一棵龍眼樹，據說那棵龍眼樹在祖父小時候樹身就已經魁偉壯碩了，到現在怕不有一兩百年之齡了，我們稱之爲「伯公樹」。樹下四周圍以秀氣的文竹及一些藤蔓灌木，圈出土地公廟一塊淨土，一派幽靜，一片清涼。雖然那塊土地的產權歸於我家，少年的我們兄妹及玩伴們，平日絕對不敢隨意進出，怕對土地公不敬。

每年中元節普渡前卽使龍眼已有熟果落地，也只能摘幾顆淺嘗卽止，非得等到中元普渡時，才大量的採收。那時地上早已滿是熟落的龍眼，「去摘龍眼回來普度！」祖父一聲令下，我們立刻呼朋引伴，拿竹竿、菜籃、米籮，來進行一場豐收禮讚。像小山一般堆在供桌上祭拜過好兄弟後，我們才放心開始大啖龍眼。彷彿那是龍眼祭必經的開場的儀式。

採龍眼最普通的方法就是爬上樹幹去摘；或用勾子把樹梢勾拉下來，站在地面摘。弟弟往往是爬得最快最高最的一個，他以矯健的身手攀折龍眼，我則在樹下接收。待把伸手可及之龍眼摘完後，竹叉便派上用場了。

我們把竹竿一端對剖至竹節處，再橫放一節短竹或木枝於其中，綁好，便成一竹叉，用竹叉扭絞最高處的龍眼。有時也在竹竿末端綁一把鐮刀，這往往是爸爸或哥哥使用的，小小孩只能在地面收拾剛絞扭下來的龍眼。

我們可等不及回到家，洗完手臉，坐下來再慢慢吃呢！童伴們邊採邊吃不亦樂乎，也往往吃到肚子疼了，才驚覺吃過量而罷手。回到家，跑跑跳跳，拉完肚子，又繼續吃。平時節儉摳門的祖父也大方的讓我們隨意吃到飽。

一棵結實纍纍的百年龍眼樹，採收下來，有滿滿的好幾大籮筐。摘回家的龍眼一時吃不完，我們就自製龍眼乾，那時家裡還有燒柴的大灶，我們隨意掛幾串龍眼在煙囪上，過幾天，便有龍眼乾可吃了，通常我們都等龍眼季節結束之後才開始享受龍眼乾。

據說龍眼是隔年才結實，而我們也不太在意，反正這棵不長還有另棵結果，左鄰右舍也常常互送分享，總可以吃到飽，吃到膩。這種庶民的滋味，從不虞匱乏，帶著點節慶的歡愉的氣氛，而那種甜滋滋水蜜蜜飛揚飽滿的口感，則是缺乏零嘴的年代，大部分孩童所期盼的，也是最幸福的滿足。

在我家山巔水涯還長了幾棵龍眼樹，因地處險境，採收不易，通常都有一半以上讓鳥兒果腹，或熟落地面，成爲天然有機肥，滋養大地去了。若硬是要採收，可是危險萬分。還有一些龍眼樹，從粗礫的外表看，就是飽經風霜、顫顫巍巍的像骨質疏鬆的老者無法攀爬負重，即使長在平地，也不宜爬樹採收。

我們所熟識的一個爸爸的朋友就因爬樹摘龍眼跌落地面而喪生，毛毛躁躁的弟弟常常爬樹摘龍眼的確令我們憂心，加上爸媽的諄諄告誡，這使得龍眼的滋味多了一分深沉。

而變味的龍眼則是長大後才嚐到的。

那年暑假，祖父病重，家人都已無心他顧，看著臥病在床形容枯槁又復吞嚥困難的祖父，誰還有心思去摘龍眼分享甜蜜呢？就任由龍眼熟落滿地。祖父沒撐過八月，爸爸沒有兄弟，一連串緊湊的守靈祭祀出殯，我們孫輩沒有輪班得全程參與。

喪禮結束，我開始不斷嘔吐，吐到苦苦的膽汁流出，爸媽說我累壞了。待送葬的親友也一一離去時，家人才想到要上山採龍眼，就由虛弱的我看家。我看著祖父睡過的床，以及空蕩蕩的房間，我的心像是遺失在無邊的宇宙，龍眼摘回來之後，我發現吃到嘴裡竟有苦味。

多年後，我親愛的弟弟也在暑假故去，離中元節還有兩天，法醫說是心因性休克，他一句話都沒有留下就走了。往年摘龍眼總是弟弟的事，那年中元節別說拜好兄弟就連祭祖也略去。

年邁的父母，離世的手足，荒涼的心，那年龍眼的滋味是酸中帶澀。這以後，我已不愛吃龍眼了。

輯五

一個母親的喜與憂

女兒一歲多還不太會說話時，倒先學會了數完整的一到十。會走路後，自己穿鞋，左右腳從不會穿錯。當很多小朋友還用拳頭握東西時，女兒已會用拇指與食指捏小豆子，並會自己扣鈕扣。對她這樣的發展，家人都覺特殊，做媽媽的心想，也許將來她會是個出色的工程師，或是外科醫師呢，嗯，都好都好，都是高收入的職業！

對於一個從小物質匱乏、經濟拮据的母親來說，有甚麼比孩子長大後，謀職順利，不虞匱乏，還令人安慰的呢？

結果，如今，女兒既不當醫師，還辭了相對高薪的工程師，去了東部，薪資微薄。

我一直納悶她的選擇。

回想她剛出生時，是體重三千多公克的健康寶寶，圓圓的小臉蛋上，大大的眼睛股溜股溜地，下巴卻像半顆小湯圓似地令人印象深刻。我看著看著就會聯想到娘家神桌上供奉的觀世音菩薩，這讓我又驚又喜。

當她已經大到可以跟我一起看電視時，看到一則新聞：幾個痛風病人，揹著行李、拄著杖、踩著腫脹變形的赤腳搭車走路遍地求醫。當下，她認眞地看著我說：將來長大，我要發明一種鞋子，讓痛風病人穿。喔，我的小菩薩，我聽了眞是感動。

上學後，女兒總會跟我說，同學的家長在哪裡開了甚麼店，要我去捧場。國高中時她的同學有數理問題，女兒也常在假日去幫忙解疑。大二時當了某社區課輔班的義務課輔老師，從此跟弱勢小朋友結下不解之緣，直到畢業。她若知道自己行經的路線附近有賣玉蘭花的小販，一定特地繞過去買。女兒對老人家特別有耐心，陪他們聊天，聽他們講一百零一次的過去。

她一直如此富於愛心。

女兒堅持環保，沒有帶食物容器，就不買食，有時簡直環保到克難的地步。我是一個平凡的媽媽，貪圖方便、沒有耐心。有時候我不認同她，與她辯論，才發現小時候語言發展較慢的她，早已變得言辭便給了。

女兒大學一畢業就當了軟體工程師，學生與職人無縫接軌，工作一年多後辭職。我們許了她爲期一年的自我探索，她到處遊歷上課服務，遠則美國，近則馬祖、蘭嶼、高屏、花東，都走遍。期間，爲街友送餐、在海邊淨灘、去書屋輔導兒童……，總不放棄當義工的機會。

女兒後來就落腳東部當起了青少年習藝活動的企劃。所以，這樣的選擇本就有跡可循。但，爲母的就是無法接受。

原本白皙瘦長的女兒在夏天毒辣的太陽下，晒得像黑炭一般。帶著一群孩子上山下海，攀岩、跳水、潛水、騎腳踏車，教他們環保、認識海洋資源、生態保育。同時也學習陶藝、編織、烘焙、行銷……。一個月才回臺北家一兩次，微薄的薪水，要租屋要生活，還要儲蓄。女兒的薪資遠低於我們的認知與期待。

她卻不屑以薪水度量工作的價值，而是以人際之間的溫度來衡量。

東部這麼遠，颱風又多，她這樣上山下海地工作，實在讓我一顆心懸著。

成長過程一直理性、體貼的孩子，怎會捨得媽媽日夜不停地擔心呢？我或感性或利誘地頻頻召喚女兒回臺北來當工程師。女兒卻執意要在偏鄉幫助弱勢青少年，我勸說：妳若從事妳的工程師專業，一定可以很快的積累財富，將來再成立基金會，聘請更多的專業社工志士來服務偏鄉，那不是更有力量，而且會做得更周全更好嗎？

她回說：金錢只能解決最粗暴的問題，偏鄉缺乏的就是人才，唯有親力親爲，才能知道偏鄉眞正需要甚麼，青少年想甚麼欠缺甚麼。

我說：早知道妳要去偏鄉服務，高中時就不需要那麼拼命讀書考學測了。

她不服氣地說：我覺得這社會就是這麼不合理，爲什麼我學測考得好，就不能去偏鄉服務，而只能選擇被期待的醫學電資這些科系？

我又說：妳應該感恩曾在最好的大學，得到最多的資源，學了最先進的科技，可是妳卻讓它荒廢，不是很可惜嗎？她說：我就是很感恩所以要回饋給偏鄉啊，而且科技是用來解決問題的，不是拿來謀職的，我也沒有荒廢它，我還是會利用在工作上。

她想學很多的技藝，想過最質樸的自給生活。我說：妳現在過的是我退休之後才要過的生活，妳是不是本末倒置了。她說：要賺錢以後有的是機會，學習能力卻只會越來越弱，我要趁現在學習能力最強的時候多學一點。

我說：以妳的能力，妳應該可以賺更高的薪水。她說：與其賺錢，我寧願選擇做更有意義的事。我其實擔心的是她那微薄的薪水，用以生活都很拮据了，萬一將來急需大筆錢時，怎麼辦？她似乎也了解我的憂慮，說：妳放心，我會儲蓄！

我說……她說……

爲了女兒的生涯，母女進行著一場場的舌戰攻防，站在理字上的女兒使做媽媽的只能動之以情卻一次次地潰退。她要我放心，我又如何放得下心？我答應讓她用兩年的時間去摸索現職。卻一直擔心女兒到頭來還是繼續做同樣的事。

我向同事求解，同事反責我想不開、不放手。同事說：翅膀長好了，不是烤來吃的，更不是擺飾的，是用來飛的，妳孩子有想法才能跟妳辯，翅膀夠硬才能飛高、飛遠，多令人羨慕啊！妳不會想要一個時時刻刻待在妳身邊，要妳呵護，事事聽妳指令的孩子的。她又說：我就有這樣一個孩子，他從不違逆我，我一回到家他就黏住我，吃喝拉撒，都黏。他，是殘障兒。

我一時愕赧無言。但，我仍擔心，若有個萬一，女兒將無所依，所以仍不放棄地試圖幫她引薦各種門路，我想介紹她的父執輩同行、科技界主管與她認識。

女兒只是不斷地跟我說在藍天碧海邊徜徉與工作的快樂，輔導青少年認真學習、認識自己、學習技藝的成就感，卻一再拖延答應要給我的履歷表。

經我一再催促，女兒又說了：媽媽，妳是不是一直覺得我走歪了，所以硬要把我拉回妳認爲的正途？我做的不是妳一直以來所教的嗎？妳看到別的小孩這麼做，不是也稱讚有加嗎，怎麼換我來做，妳就要勸阻了呢？我一直這麼認眞地學習，努力地工作，每天都很充實很快樂，這樣不好嗎？

啊，我……我語塞了。沒錯，女兒的學習之路，一直在實踐我對她的教育，如今眞正要落實她的理想了，我這當媽的怎麼就因種種的不捨、不放心，而改變初衷呢？

就放手吧，當她的心靈支柱，讓她自由地飛吧。我第一次這麼想。

三鬮路古宅

時序已過立冬，在一個細雨綿綿的假日午後，我們來到三鬮路林家古宅。古宅四周是典型的蘭陽平原景觀，田裡作物都已收成，近來豐沛的雨量，使得收成後的田地像是一汪汪水池，一面面明鏡，天光雲影與古宅稻草堆相映成趣。

我們已先行打過招呼，抵達時，大門敞開，一行人便陸續進入。古宅外牆掛著的竹竿晾著幾件衣褲，伴著屋內傳出電視的聲光，平添這座古宅的生氣。為免叨擾屋主，我們只在屋外與院子裡參觀。

與一般民宅相比，古宅最大的不同就是它的屋頂呈燕尾翹脊的造型，是官宦之家的表徵，在一般馬背型屋脊的民宅中，顯得特別醒目。那翹向雲天的造型彷彿大磁場一般，我們遠在路口就被吸引過來。據說屋主林朝英曾是武秀才，方獲允修造這樣的型制。這座古宅面寬五間，左右各加一間「閒間」，兩側還有東西廡圍攏成三合院。

雖是官宅，經過時光的掏洗，已然滄桑，我四處走走逛逛，感覺既熟悉又親切，猶如回到我幼年的居住時空。大門兩側是花臺，寬敞的禾埕被三合院所圍繞，依我幼時的經驗，揣想禾埕上曾有一堆堆新收稻穀，在豔陽天下，爲了讓每一粒金黃稻穀親炙日光，它們被耙開成一行行鋪滿整個禾埕。而古宅主人應是有張漾著笑意的臉龐與晒得像紅糖般殷實健壯的體魄，穿梭在宅第與田野之間。農閒時也許附近人家會來向古宅主人借場地，冬天晒芥菜、蘿蔔乾夏天晒蒲瓜乾。小孩則在禾埕玩跳房子或躲貓貓。據傳林家祖先樂善好施，他們是否也曾在這裡施粥賑災呢？我想像著那些穿著青布衣衫薙髮留辮的管家們忙碌地穿梭在形容憔悴的災民間，聽到他們迭聲抱怨剛剛經歷的風災雨災，造成田裡莊稼被狂風吹倒被豪雨淹沒，房舍更是瓦掀牆頹殘破不全。災民們可能都領了一些白米，還有一些雜物衣服等，千恩萬謝後離開……。

想像歸想像，林家後人大多搬離，午後的宅院闃靜，只有斷斷續續的電視音響溢出，也許那是僅僅留守古宅的幾希後人吧？

古宅的水泥禾埕顯然已經年深日久，蘭陽平原的多雨氣候，使得禾埕四周幾乎都積了汙泥長了青苔，我開始後悔今天穿上這雙舊鞋子，鞋底都磨平了，走在滑濕的路上好容易滑跤，一邊擔心腳底下不穩當，一邊揣想舊時禾埕可能的活動。一閃神腳底就滑溜了一下，我伸手想抓住花臺上的灌木枝，不料枯枝腐朽，一抓就斷，滑出的腳止不住，我差點摔了個四腳朝天，在古宅大院中成長的孩子們，可曾像我一樣在長苔濕滑的牆角滑跤呢？

古宅建築據說是以糯米、黑糖加上貝殼灰料，以及福州杉所建，相當牢固。從外觀上看，牆身分上下兩段，下層紅磚，上層敷白石灰。窗戶不多，加上木條窗櫺的阻光，儘管是在白天屋裡也頗昏暗，我站在廊簷下，看不見屋裡的陳設，耳裡卻似乎聽到昔日林家公子小姐在廊下展書讀的朗朗童音。讀書求取功名、延續門風，向來是古老家族一貫的傳統。林家應也不例外吧。

外觀上，古宅像是褪色的錦袍，走近大廳，才發現正廳外牆的彩繪頗有可觀，那橫梁上大大的「餘慶」兩字甚是醒目，顯然是「積善人家有餘慶」的「藏頭額」。屋主除了期待世世「餘慶」，應該也期許代代積善吧。門聯橫批：福星高照，橫批上方還有一幅書法：「永和九年歲在癸丑暮春之初會於會稽山陰之蘭亭修禊事也群賢畢至少長咸集」。想來，屋主是希望蓋成的華屋能吸引文人雅士招待四方群賢，以成就家族美名吧。另有小字註明時序爲癸酉暮春。癸酉年是屋成之年抑或彩繪書寫之年呢？我查詢萬年曆，發現癸酉年是一九三三、一八七三，據說古宅一百年之久，那肯定是上上個世紀所建，那麼這座古宅可眞是上了歲數了。這幅書法經過一百多年的水氣蒸騰風吹日晒，墨色仍舊黯深，是當年的原色？還是後代子孫塗敷摹寫修葺過的呢？

正廳外樑的彩繪，還有祥雲牡丹有文官武將，有山水鳥獸，也有耆老與孩童。牆上接近地面處的彩繪，經常年日照與雨水噴濺，已經斑剝褪色，其他各處都還相當鮮豔，想必華屋落成之時，更是艷麗奪目，貴氣逼人吧。如果這些彩繪是屋主祈求的人生，那一定是代表綿延不絕的福祿壽喜，希望世世代代遠離災厄與病痛吧。只是一百多年的歲月也毫不留情地在這幢豪宅留下了痕跡，木質門柱已經有多處腐朽蛀蝕，後代屋主曾經加以修葺，只是他們用水泥塗敷，修補蛀蝕的空洞，這種快速簡易的方法，彷彿在綾羅綢緞的錦衣上補了一塊塊異色麻布般的突兀。果若要延續古宅的壽命，抽樑換柱恐怕是絕對必須的。今年九月的強颱直撲蘭陽平原，造成嚴重的損害，我們沿路走來看見不少屋瓦被掀的房舍，還在等待修復，而古宅幸好無恙，紅瓦一一完整。

我沿著圍牆走一遭，發現厚實的牆上有上下兩排銃孔，大門兩邊也各一個，百多年來世事變遷，它們仍盡忠職守地凝望著外面的動靜，我與它對望，它似乎在向我傾訴一次次古早的殺伐，也許是原漢衝突，也許是海盜襲擊，那些漸漸淡出鄉人記憶的腥風血雨，我想，也只有這些銃孔還記憶著。這些銃孔是否也記憶著古宅內的福祿壽喜，與時代的騷動不安呢。

古宅歷經前後三個世紀，她也見證著蘭陽平原上的種種變化，從篳路藍縷，到阡陌縱橫，那些春耕夏耘與秋收冬藏的傳統，富裕了多少的蘭陽人，又造就多少才子佳人？後來，高速公路通車了，一幢幢歐式別墅矗立了。時光流轉，一兩百年就這樣溜過去了，而古宅依然還在。

暮色漸濃，遊人終將離去，嘰嘰喳喳的訪客走了，古宅又將恢復平靜，兀自在蘭陽平原上，與大地廝守，慢慢、慢慢地，偕老。

別怕，老師在這裡

四月天裡，下午太陽一露面，就把大地烤得像蒸籠。教室裡，已開足了冷氣，給高三學生清新的讀書環境。學生已進入總複習階段，每天有考不完的複習考，檢討不完的考卷。身爲導師的我，也常常陪在教室。

有一天，英文老師在上課，我則在教室後面批改聯絡簿。突然一聲大叫：「啊！」接著有人著急的喊：「快叫老師，快點！快點！」我循聲一望，看見教室後面有些淩亂，幾個學生簇擁在一起。

我有點生氣，都已四月底了，上課還這麼浮躁，到底想不想考上好學校啊？我正想喝斥，卻見他們簇擁的學生，已癱在椅子上抽搐。他是有癲癇病史的阿明。

情況緊急，我顧不得正在寫板書的上課老師，立刻大叫：「班長，趕快到學務處報告情況。」英文老師聞聲，停止上課前來關切。「兩邊的同學統統起來，快把椅子併攏過來。」我指揮著：「大家幫忙讓他躺好。」幾個大男生，小心扶著阿明的頭和肩、抬起他的腿讓他躺下。在他劇烈抽搐情況下，我不可能扶得動他，何況他已失去意識。

千萬不能讓他咬到舌頭：「誰有湯匙。」「老師，竹筷子比較好。」遞筷子過來的學生說。他們七手八腳的幫忙，趁他嘴巴張開時，我把筷子平擺進他嘴裡，免得他咬到舌頭。

看他全身抽搐，臉孔扭曲、額角冒汗，學生又擔心又難過，有的眉頭糾結，他們害怕、焦慮，這有可能是一場生死交關的危機。而我的緊張，並不下於學生，也只能拍拍他、安撫他，讓他知道我們都陪在他身邊，他並不孤單。

這時有些學生主動扶他的頭跟腳，以示關懷，也有學生拿面紙幫他擦掉嘴角的白沫，還有人幫他擦汗。剛剛的兵荒馬亂，很快的變成同舟共濟。

等他抽搐稍停，我握住他冰冷的手安慰他：「沒關係，老師在你旁邊，你不要怕。」「你放輕鬆，放輕鬆，不要怕。」我不知道這些話有沒有用，只能一直重複。

不多久，護士小姐來了，我才鬆了一口氣。她放下急救箱：「同學們散開，別被他踢到了。」她蹲下來，把他的頭擺偏外側說：「這樣，如果他嘔吐，就不會被嘔吐物堵到氣管。」她並取出筷子說：「給他咬毛巾，比較不會受傷。」「同學們，借一件外套給他當枕頭。」一時，兩三件外套傳到護士手邊。教室裡冷氣很強，一件外套當枕頭，一件當被子蓋，另一件還給學生。

等阿明眼睛睜開，護士問：「同學，你知道你在哪裡嗎？」阿明眼睛眨了一下，沒回答。護士又問：「你現在在想什麼？」仍舊沒回答。護士再問：「想女朋友是不是？」他還是沒反應。護士又說：「那你有幾個女朋友啊？你要輪流想她們喔！不可以偏心喔！」護士無厘頭的話，倒讓學生哈哈大笑，總算沖淡了一些緊張與不安。

護士跟我眨眨眼，這正是她的用意。然而，阿明還是沒有任何回應，只是呆滯的望著前方，連眨眼的動作都相當疲軟乏力。

一會兒，護士說：「應該沒事了，就讓他先這樣躺著休息，等家長來接，現在別移動他。」護士稍後並跟大家說：「同學們，你們不要擔心害怕，他已經沒有危險了。」因高三課程已上完，我宣布：「下一堂課，我們就安靜自習吧。」

學生沒有異議，椅子被借用的學生，就席地而坐的看書，偶爾會有一些憂慮與關懷的眼神飄過來，教室出奇的安靜。一個鐘頭後，家長來接孩子送醫，教室恢復原有的秩序。

我藉這機會上臺講話：「同學們，你們應該都知道，這就是癲癇，我和多數同學一樣，今天第一次碰到這個狀況。我們剛才上了一堂寶貴的健康教育課。」學生紛紛點頭。

我也趁機嘉許他們：「我今天眞是又擔心又感動又安慰又驕傲，我擔心阿明的癲癇會有危險，我也擔心我處理不了這個狀況，幸好你們在老師身邊幫了很多忙，你們這些平日粗枝大葉的男生，臨事沒有一個置身事外，還這麼有條理、這麼富愛心，你們知道我今天最大的收穫是什麼嗎？就是我感受到全班滿滿的愛心。我太安慰了。」

我環視全班學生一下，又說：「你們是我的驕傲。」頓時全班掌聲如雷響起，久久不停。我曾見一些學生眼中泛著淚光，而我，也是。

我說的，兄妹拿來吵

我每天都會載一雙兒女上下學，因他們在我任教的中學就讀，我的上下班時間，也就是他們的上下學時間。

有時，他們會在車內的小小空間裡，一路唇槍舌劍，幾乎要擦槍走火時，我得充當調停者，也能從中得到一些啓發。

讀高二的兒子鼻子過敏，常常一上車就擤鼻涕，又常將衛生紙隨手一塞，放在座位旁的置物籃，我常要提醒他順手帶垃圾下車。

今天下車前，我照例提醒他，他卻要妹妹幫他忙。讀九年級的妹妹才不依呢，隨口就說：「那麼髒，誰理你呀？」

哥哥被嫌，當然要反駁：「妳嫌我髒？從小我就幫妳把屎把尿，都沒嫌髒，妳居然說我髒？」我想，有沒有搞錯？他幫妹妹把屎把尿過？妹妹立刻說：

「你只比我大兩歲半，自己都要包尿布，還幫我把屎把尿咧，你是神童啊？」哥哥的防禦指數被激化起來了：「妳還說咧，妳半夜哇哇哭，就把我吵醒，害我一夜未眠。」

妹妹不甘示弱：「哈，我是六個月大就一覺到天亮的乖寶寶，哪像你，百日哭，哭到奶媽連一天都受不了，就把你送回來。」哥哥又反擊：「我是急驚風，哪像妳看到蟑螂還慢條斯理的說『有……蟑……螂』，該急的還不急。」「我是EQ高，冷靜又理智。」個性溫和的妹妹，一點都不讓步。

哥哥又嗆她：「妳們導師還說妳敬師愛友，我怎麼一點都看不出來？」「可是，我的同學不會叫我撿擤鼻涕的衛生紙啊。」

顯然哥哥要撿垃圾是賴不掉啦，口才便給也有理虧的時候：「說的也是，我男子漢大丈夫，能屈能伸，我就撿垃圾吧。」他終於搭臺階自己下了。

這對兄妹怎知道自己襁褓時期的事呢？他們的辯駁內容，無非都從平日我們親子對話中拾掇而來，所以父母的身教言教大意不得，他們可是來者不拒，句句當眞啊。

因此，我很後悔講過「老大照書養，老二照豬養」這話，我可花了很多工夫，才讓小女兒釋懷。我說：「照豬養，就是妳餓的時候，給妳好好的吃，想睡時，就讓妳好好的睡呀。還要三不五時抱抱妳，親親妳，妳心情不好的時候，就要好好哄哄妳，安慰妳，要好好保護妳，不能輕易讓妳受傷、生病……。」

小孩純眞的心靈，可禁不起父母無心之言的戲弄。幸好我沒說過「妳是從外面撿回來的」，否則，她不知要暗自哭多少回呢。

四十誌慶

我任教的高中四十歲了，因爲校地太小，沒有夠大的禮堂容納全校師生與貴賓，我們向臺大商借綜合體育館——臺大新體，即一般暱稱的小巨蛋，舉辦創校四十週年慶祝音樂會。節目安排祥獅獻瑞，太鼓表演，名家演奏與高國中管弦樂團的演奏，最後再以大合唱畫上句點。其中並安插頒獎與來賓致詞。約有上千位貴賓受邀參與，有學生家長，還有來自上級的教育長官，以及各友校與姊妹校的校長主任們。

老師們都被安排與學生同座，學校把學生的安全與秩序交給導師，不怕一萬，就怕有個萬一。在節目單公布以後，校園內隱隱有股不安與不滿的氛圍在流動，學生們想要的是吃喝玩樂唱唱跳跳的傳統園遊會，抱怨節目古板無聊的學生，甚至傳出想發起網路串聯抵制校慶會，對於這些不理性不配合的學生，校方如臨大敵，於是每個老師都克盡本分地安座觀衆席，遇事可快速處理，無事則可親善聊天欣賞節目。

司儀短暫的開場後，宣布倒數十秒，大家熱烈響應，然後號角響起，銀幕出現「東山高中生日快樂」，隨及祥獅獻瑞與太鼓表演先後登場。

頒發資深教師獎時，從校長、主任、教師、到行政人員，共計十二人，都超過三十年。三十年歲月奉獻給同一個單位，是多麼令人感佩的一種忠誠與敬業，他們陪著東山一起成長與茁壯，見證了歷史性的一刻，而他們也紛紛從青年階段走到後中年了。上臺領獎是令人欣羡的榮耀，但是，資深兩字太沉重，一日功成萬朝去，在接獲獎牌之前，一大把歲月已然消逝，看著看著，卻令人有著欲泣的鼻酸，然而歲月的流逝又豈會因個人的好惡而行止呢？

傑出校友中，有一位是我的國中同學，現在是中部某國立大學系主任的他，據他說從美國回臺灣前，曾一度考慮北京大學的聘書，幾年前也曾經猶豫要不要接下教育局長的位子，現在又有中部某所大學跟他洽談校長的職務。這樣一位校友，對東山來說的確傑出。令我好奇的是，他當初怎會遠從苗栗鄉下來臺北讀私立高中，而又表現如此傑出？心想，會後一定要好好跟他敍敍。

學校位於臺北木柵郊外的一處山坳，草創之初從新店一處工業區旁的小路彎進來，經過人跡罕至的公墓，鄰近還有尚未整治的景美溪流蜿蜒而過，沿途只見荒草亂石雜樹莽竹錯落著零星孤墳，天晴則塵土飛揚，天雨則泥濘難行。處於這樣的深山野外，要如何吸引學生入學呢？當年有很多家長搭著計程車前來，瞥一眼樸實簡單的校門，連下車看一眼都顯多餘就搭著原車掉頭而去。但是那些來入學的學生，卻一個個被師長當成寶一般珍惜愛護，在學校嚴管勤教下，成功的好轉了孩子們的個性與前程，學校日後茁壯的基礎就此打下。而今臺上這些傑出校友也都是在那個階段入學、畢業的學生。

我進入本校也已二十年了，回想當初，時常會碰到一些人情請託進來的，或桀驁不馴的學生。他們不是跟不上進度就是聊天嘻耍發呆睡覺，教到這些學生，得動用教鞭增加威儀。下了課還要三不五時跑學務處處理學生們的衝突或違規事件。在那樣的班級上課既要顧及成績顧及進度，還要維持秩序，他們雖狀況百出，我們卻又絕對不能被激怒。聲嘶力竭上完一堂課簡直就像打完一場戰爭一般，虛脫。

在全國大學升學率四十幾的年代，我們的學生素質又不夠好，爲提振升學率，老師們像拼命三郎般，日夜加強輔導，唯恐學生分心，除了學業其他一切盡量避免，因此沒有畢業旅行，沒有社團活動，藝能課也降到最低時數。

在那樣的情況下，私校的生存其實頗爲艱困，我們老師在前線努力衝升學率，創辦人也沒閒著，國中部的增設，管弦樂團的成立，跳級生的輔導，在在都爲學校增色不少。我們的努力也終於獲得回報，學校的升學率每年成長，考上國立大學，特別是考上臺大的人數每年攀升，各大報紙甚至替我們做了報導，成爲免費的廣告。曾經，我們擔心學生招不滿額，暑假時，老師們也要加入招生行列，後來才發現，原來學生慕名前來報到的遠比我們先招進來的還要多，素質還要好。

穩定亮麗的升學率吸引了各方優秀的學生，現在的學生素質普遍良好穩定，已經可以擠進前幾志願，號稱第一私校了。我們早就給學生增加了藝能課，開了幾十個社團，也有了畢業旅行。升學率的追求之外，我們還積極推動一校一特色、一生一專長和一個不能少政策，成了教育一一一的標竿學校，卓著的成效，深深獲得臺北市政府教育局的肯定。

當年曾被一些人視作流氓學校，如今已是第一名私校了，這一路走來絕不僥倖也不輕鬆。難怪老董事長每提及此，總要老淚縱橫，無限感慨。

名家演奏把我的思緒拉回現場。戴著耳麥的臺藝大藝術學院蔡院長演唱〈阮若打開心內的窗〉。他的臺風穩健，款款自信，舉手投足盡是優雅，婉轉的歌聲渾厚嘹喨，彷彿穿透小巨蛋，直達天際……鞠躬下臺後，有幾分鐘的時間他的歌聲似乎仍在我耳畔縈繞！

再來是由卓教授鋼琴伴奏、麥教授的小提琴演奏。只見麥教授或後仰或前傾，時左時右擺動，那種陶醉忘我的神態，眞令人動容。在他演奏第二曲時，因曲風明快，我們也跟著打起拍子，小提琴在他手中簡直出神入化，現場氣氛也被炒熱得像是正在跳著千人土風舞般歡愉酣暢。小提琴演奏與鋼琴伴奏兩者搭配得天衣無縫，當他轉過身，背對觀衆與鋼琴伴奏眉來眼去時，也被現場的攝影師捕捉到特寫鏡頭，淘氣的表情更彰顯曲風的輕快，這樣不拘形式的自由表演，看得我們會心一笑。當麥教授回身面對觀衆時，我赫然發現他的小提琴邊上有一根線在懸晃，有那麼一兩秒的時間，我腦裏電光石火，以爲小提琴聲音響徹小巨蛋都是因那根線，那根收音線。但是隨後就被我自己否定了——那應該是根斷掉的弦，也幾乎同時，觀衆席這兒那兒到處唧唧咂咂起來，都在談那根線，那根弦。原來，他背對我們的時候，已在跟伴奏協調因應之道。一點都不慌張失措，流暢的表演使我們渾然不覺有異，眞不愧爲名家！

校慶會的最高潮應該就是「回首四十，風華再現」影片播放。這攸關現場每一位學生，他們緊盯著銀幕尋找熟悉的身影，並期待自己的鏡頭出現在銀幕的刹那，現場有股流動的氛圍在凝聚著，正等待一次適時的爆發。

影片中有校園草創時期的簡陋，前幾屆學生卡其衣大盤帽的純樸樣貌，各種顏色的老舊校車，對照今日種種，我們不禁有走入時光隧道，跌入古代的感覺。

看見資深教師在初入東山時的樸拙青澀模樣，學生終於忍俊不住而爆發第一聲大笑，與今日老師樣貌反差越大者博得越多的尖叫爆笑與掌聲，而少數變化不大的老師，卻使學生們的期待落空而紛紛嘆了口氣：唉，怎麼都沒變。有那種「你怎麼辜負了時光」的促狹況味。

另外，學成返校任教的年輕校友老師則與學生時代對照，在有髮禁的年代，那些清湯掛面與三分小平頭，引起更大的尖叫與掌聲。

同事們的老照片勾起我無限感懷，當年的我何嘗不是如此？我不算太資深，也不是校友，但是剛進學校時的拘謹膽怯，以及因忙於教學、進修與家庭而與時尚保持距離的樸實模樣，恐怕更是今日學生們鼓譟的對象吧。經過歷練，二十年過去，當年的拘謹膽怯已經修練成某種程度的從容淡定，我的一雙兒女也從國中部直升高中，後來分別考上國立T科與T大，我除了感恩之外，心理上的負擔變得單純許多。現在的我自由自在，還能自許自信，比起當年初入時的模樣，恐怕還要年輕許多呢。

終於播放各班團體照了，學生們都有當主角的期待與滿足。播放到自己的班級時，每一班都發揮最高度的向心力，熱烈鼓掌，尖叫。到後來，乾脆來個曼波舞，開懷、有趣、熱鬧又不失分寸，在整個校慶會兩個半小時的會場中，就屬這個時段最熱力四射，最活潑最歡樂，雖然自己的身影只曝光幾秒鐘，學生們仍覺不過癮，但卻能謹守分際，在興奮玩鬧中適可而止。

學校四十年來，第一次辦理這麼盛大的慶祝會，邀請這麼多貴賓蒞臨，教育成果就要在此時完整展現，因不容有一絲絲錯誤，而緊繃神經提防學生會有脫序的表現，唯恐一次噓聲就前功盡棄斯文掃地，但，整個過程，不管誰上臺致詞，是冗長或簡短，是恭維抑或客套，學生都笑納，各項演出完畢也都能得體地熱烈鼓掌，表現出應有的禮貌與素質。就算銀幕出現最嚴苛的老師，與學生頗多爭執的老師，也都獲得如雷的掌聲。這著實讓老師們覺得驕傲，讓學校面子十足。

玩過瘋過，該靜下來聽聽同學們的管弦樂演奏吧，說是要獻給老師們的兩首曲目，對於音樂門外漢的我來說，這曲目都是我不熟悉的，共鳴較少。倒不如來搜尋熟識的樂團面孔吧，我極目尋找，看到眼睛都要凸出眼眶了，仍找不到三位在樂團當中拉小提琴的班上學生。所有的臉孔若非髮型有別，恐怕都還分辨不出男生女生。唉！也許是眼力不行了，可眞是歲月不饒人啊，再十年，我也夠格上臺領取資深教師獎了。

老前校長的呼口號雖屬老梗，卻是學生的最愛，也許是趁機發洩過剩的精力，也許是傾吐課業壓力的悶氣，更也許是在呼喊中，果眞接收到一些能量，發揮在日後的挑戰中，學生樂此不疲，老前校長一上臺，總令學生們歡欣雷動。學生們磨拳霍霍，高呼著口號，這也是一種自我期許吧！

在奮力嘶吼過後，激情暢旺之際，莊嚴肅穆又節奏明快的校歌跟著上場。

由於現場可以看到字幕，這是我第一次跟著唱完整首校歌，空間大，也不怕破鑼嗓子被聽見。我看到其他在場的老師與貴賓們，有的輕聲唱和，有的昂首高歌。因爲激情延續，所以熱烈唱和，令人感受到全校齊心的氣勢。

再來一曲：感恩的心，感謝有你……花開花落，我依然會珍惜。

我們期許將來的每一天都要更進步更美好，我們再唱：明天會更好……

歌聲漸弱，兩位司儀做了感性的結尾後同時宣告：禮成——。

一時彩帶四射，彩色的「天羅地網」從觀衆席上方撒下，慢慢飄落，學生們開心地跳起承接或撥開掉在身上頭上的彩帶，興奮地尖叫著。

這是喜慶的ending，歡樂的句點。

我內心期許，學校五十歲時，我們還要再來！

星光幫你嘛幫幫忙

那一段時間，家裡，悄悄的發生了一些變化，因爲一項新家規未經討論、宣布，就逕付執行，使我和先生在不知不覺當中，變成了動輒得咎的「二等公民」。

「二等公民」在「特定時間」內，聊天說笑不得出聲，只能筆談。未經許可，不得任意走動。而且走路要赤腳並踮起腳尖，快速通過。違者，一律賞以一記白眼。

已經持續兩個月了，兒子在週六、日固定時間，會打開電視看歌唱比賽的節目，不久之後，女兒也跟進。這時所謂的「星光幫」，正悄悄地佔地爲王，攻佔我家客廳。

而後，女兒開始剪報，只要有關「星光幫」的報導，她都視爲珍寶，立刻剪下收藏。然後在週五晚上九點半的電視時間，我家客廳終於變成「星光幫」的「租界區」，租期無限，只要「星光幫」出現時，不管是新聞報導或是表演比賽，所有生人一律迴避，閒雜人等，禁止進出，所有言談，立刻消音。這期間，兒女是這一租界的最高領事，他們維護著「星光幫」，我們必須聽從領事裁判，由他們發號施令。

就這樣，星光幫成爲我家高貴的「新住民」，導致我與先生竟淪爲「二等公民」，我曾說：楊宗緯看起來好老。兒子說：那叫成熟。我說：他們怎麼這麼愛哭？女兒說：那是他們眞情流露。看重播，還是不能出聲，女兒說：你就再欣賞一次嘛！

我這一雙兒女，從不迷電視，也不曾迷偶像，更不是瘋狂的追星族，如今卻跟著星光幫笑，跟著星光幫哭。新的家規還規定：週五晚上九點半，一定要趕回家，因爲他們要看首播。九點半一到，客廳就要交通管制，還要禁止言談，因爲星光幫要進駐了。女兒還規定：看他們的表演要端坐澄心，不可嬉鬧，不可一心二用。當他們唱完，還要問我：「你說他們唱得好不好？」

「似乎唱得比一些唱片歌星還要好。」這是事實，也是我衷心的答案，只是爲了「星光幫」爸爸媽媽都淪爲「二等公民」了，他們還不自知。唉！我走到陽臺，對著夜空嘆了口氣——星光幫，你們也幫幫忙。天邊一顆星星對我眨呀眨。

第二天週六下午，女兒有意無意的又轉開電視看星光的催淚重播節目，看到自家小孩如此著迷這個熱潮，我的耐心隱隱約約已經快到臨界點了。再看新聞報導，或網路留言則更領略到年輕大衆對他們的瘋狂。兒女們較諸外界，可算是小意思了，而我竟不能忍受，是我不再年輕了嗎？我不禁深呼吸幾下，吞回已經在嘴邊的說教，看他們這麼賣力的在臺上眞誠表演，比起尖酸刻薄，或胡鬧瞎扯的綜藝節目，他們不但有料，也確實努力，應該給予掌聲鼓勵的。年少輕狂能有幾回？既然擋不住熱潮，就陪著他們瘋一瘋吧！

就當做我當年迷戀史豔文、林青霞好了。江山代有才人出，世代輪替、偶像輩出，也是好現象吧。

就是這樣胖起來的

自從，把不太精準的體重器扔了以後，就很少再去量體重，有一年我帶高三畢業班，爲了體恤他們的辛勞、鼓舞他們的士氣，我除了全日陪讀之外，也常常外出購買點心，慰勞他們。雞排、水煎包、大腸麵線既可止飢又可飽餐，連鎖店的奶茶既清涼又可抒解煩躁，每個禮拜總有兩三次四點半的點心時間，但見導師與全班共享，眞是和樂融融啊！所有的課業轟炸與大學指考的壓力，都暫時被拋開了。兩個鐘頭後，接著晚餐，日子其實也很容易過。

一年，好容易過去了，在畢業典禮時，我穿上一件三年沒穿的心愛連身洋裝，不得了，我必須全程縮小腹、憋氣。好不容易挨到典禮結束，我立刻回家換穿平常所穿慣的便服，去趕謝師宴。照慣例，學生一一來敬禮、致意、擁抱、照相等，拜現代科技所賜，數位相機照完立刻可以看見結果，只見學生個個窈窕，而其中滿面油光，身材臃腫的，便是白雪歐巴桑我啦。

在謝師宴的歡樂氣氛中，我悄悄地暗自神傷，沮喪得食不知味。但是這種情緒，只維持了一天，就淡化掉了。

接著的暑假，我盡情放鬆，睡到自然醒，雖沒有大吃大喝，平時鮮少看電視的我在暑假時卻成了Couch Potato，韓劇一部接一部地看，如此，從吃完早餐就開始坐在沙發上，除了吃飯或上洗手間之外，我就像種在沙發上的植物一般，動也不動地盯著電視看。從白天的韓劇，到晚上的政論節目，我的暑假就這樣墮落下去。

悲劇在悄悄地埋樁伏筆，只等待時機上演。我不是沒察覺，只是我刻意忽視它。

那些慣常穿的衣服，穿在身上，越來越難看，褲子越來越緊，在在都像對我暗示，要量體重了，甚至該減重了。只是我還是刻意忽略它。悲劇終於上演，開學後有一天，正上著課呢，突然，啵一聲，那只有我自己才聽得見的聲音，卻像炸彈爆開般的震撼著我——那是褲子拉鍊爆開了。

我滿臉通紅耳根發熱，卻故作鎮定彆扭地定位在講桌後方上課。下課後走在路上，還需用課本遮住小腹。我開始感謝教改後A4尺寸的課本，它大到可以遮住我的困窘，化不去的卻是內心的悲哀，我曾經是許多學生暗戀的對象呢，現在居然要這麼丟臉地用A4課本遮羞，喔天啊！悲莫悲兮美不再，驕傲不在，青春不再！

事不宜遲，馬上買回體重計，鼓起勇氣站上去量，心臟怦怦跳個不停，面對自己的體重，我竟然是這麼緊張，一看結果，我的媽呀，指針所指的數字跟我生完老二出院時的體重一般，BMI（體脂肪）值達二十四點七，真是晴天霹靂。向來毅力超強的我，該是向體重宣戰的時候了。

傷別

妳漂亮的照片四周佈滿香水百合與香檳玫瑰，電視螢幕上不斷播放妳的各式生活照，看妳巧笑倩兮，看妳顧盼回眸，彷彿妳就在現場一般。

同事十餘年，與妳熟稔是在妳工作上出了一些困境，數度與我長談之後。我們一起瘋減肥，參與妳的編織社，分享妳的孔雀魚苗與自種盆栽……。

前年的調職對妳來說，是人生的急轉彎，彷彿當頭劈下的一刀，讓妳無從招架，而受傷慘重的妳卻以「世事無常，看開了就好」來回應同事們的關心。我輾轉聽說妳差一點就用跳樓來結束所有的煩惱與不滿，讓我頗覺不安。找機會送件衣服傳遞溫暖給妳，催妳去試穿，但，妳卻用工作來迴避我，把衣服一擱就沒了下文。

幾天後去找妳，才知妳已住院開刀，是癌症，三期末。我驚得目瞪口呆，久久無法言語，妳的美艷豐腴，實在很難與癌末聯想。也許是忙碌與憂鬱使你身上的癌細胞迅速成長。一經發現，已經癌末。同事間有人耳語著：最多一年。我心情沉重了好久，這一年，妳將如何面對呢？會不會有奇蹟？

我曾經單獨前往醫院去探視妳，卻遍查不到妳的病床號，院方說可能是病人要求保密所致。美艷單身的妳，曾經被蜚短流長所糾纏。妳是不是一直苦於那些流言，以致連住院都要保密？白走一遭的我只好落寞離去，這一年，妳注定在醫院跨年。之後妳婉拒探病，做完整個療程後回東部靜養，再次見到妳，已經是九個月後妳返校服務了。那一天是教師節聚餐歡宴，妳還上臺領了紅包，大家掌聲如雷，慶祝你的重生與福報。

分屬不同單位的我們，在偌大的校園中難得見幾次面，有一次是在學務處相遇，我們都驚奇於妳的康復迅速，而且一如往日的豐腴美艷，如黑瀑般的秀髮也一如病前。我還調皮的拉拉妳的頭髮，看看是不是眞的？妳輕鬆自信，臉上掛滿笑容像小鳥般的飛來飛去，妳還約我下班後去擊鼓、練太極、做熱瑜伽……這樣的生氣蓬勃，既沒掉髮也沒戴口罩，誰會相信妳剛經歷過三期末癌症的手術與化療呢？妳還拉我的手碰碰妳左胸口的人造血管，說是化療時注射高單位藥劑用的，那些藥劑會傷害一般正常的肌膚，所以需要人造血管作爲化療通道。那爲何還沒拆掉呢？我問。妳說萬一復發的話，就不用再開刀安裝了。我刹時沉默。愣了數秒後趕緊說：那妳一定要好好保養。

另一次是在妳復職後的新單位藝文館，館外停車場正在發動引擎的校車製造許多廢氣，我遠遠的見妳摀著口鼻在關窗戶，遂上前與妳攀談，這一次妳談到對於能迅速康復，要歸功於自費購買的百萬藥品，並感嘆沒有早點買防癌險，病後的妳已經成爲拒絕往來戶。在光鮮美艷的外表下，我看見你眼底的憂慮。

年底時，聽到人事部門傳出妳瘦得剩下皮包骨。我還急忙替妳分辯，怎麼可能嘛！我們上個月剛見過面，那時妳還是圓潤豐腴的啊！我立刻去找好友們打聽妳的消息。好友邊說邊紅著眼眶，爲妳突然崩解的青春，嘆息。

我無言望著窗邊一缽鮮翠碧綠的水芙蓉，那是妳為我留下的，櫃子上那一盆盆造型不一的小柚木苗，蓊鬱油亮，那是妳去年栽種的。還有陽臺花圃上一些被妳救活的植栽，都已抽枝長芽了。想到妳桌上那一大缸孔雀魚，總是特別妍麗肥碩而多產，妳總是細心呵護剛出生的小魚苗，待其成長穩定後，就大方的分批送出。那些小生命在妳手中似乎活得特別起勁，就算是山澗魚塘邊撿回來的水芙蓉，或飄落階梯棧道上的的五月桐花，六月梔子，妳只消用簡單的一盆水，就讓它們有了生命。只是妳自己的生命呢？誰來替妳扭轉乾坤？

之後妳拒絕積極治療而住進安寧病房，暴瘦的妳，兩頰凹陷又剃光了頭髮，與過去的美艷判若兩人。用高計量嗎啡止痛的妳，常陷入昏睡，清醒時妳頻頻交代：不印訃文，妳要樹葬……。

看來妳真的準備好面對那一天了，我們曾經相約減肥，希望擁有最窈窕美麗的身姿；妳曾那麼精於編織，自己身上披的，我們身上掛的，社團課教學生做的，都賺盡了同事們的讚美。妳希望多賺點錢，要買車子房子……這些那些，妳都放下了嗎？那曾經傷害妳的人，妳也原諒了嗎？

好友說：「人生的最後，伴著她的，除了痛，其餘都已不眞實。」那親情呢？「親情愛情再深厚，這條路都得要她自己走，當她選擇安寧療護時，她已經了悟一切，只求不痛，其他都可放下。」未婚的妳，把名下財產都給了兄姐，把自己交給了命運。

今天見妳遺容安詳，知妳已經眞正解脫自由自在了。

靈堂佈滿妳最愛的鮮花，告別儀式在一群禮儀師的帶領下進行著，沒有造作經營的哀傷氣氛，淚水卻在朋友們臉上氾濫，不捨妳終將遠離俗世而奔赴火場。你選擇樹葬，是否想化身爲綠樹精靈，爲妳短暫的青春，找到一個永恆的託付？

走出式場，妳的容顏仍揮之不去，婆娑路樹迎面送來薰風，恍惚中似乎感覺有個輕柔的動作拭去我眼角的淚痕，我愣了一愣，甩甩頭定睛一看，同事們都已沒入人潮中，我加快了步伐，追尋人潮中那些熟悉的身影……。

水尾田

我家世代居住在老田寮溪水的支流枋寮坑溪旁，田地就在溪流邊，只有一分多。溪流的上游，是早期佃戶耕種的所在，也是先民伐木之所，水利局便把溪流命名爲枋寮坑溪。從溪的上游蕫水入圳，水與田齊高時便可引入田邊小圳，灌溉各家稻田。小圳寬約二呎、深一呎，圳頭水豐時深不過二十公分，沿途灌溉稻田菜園，到了圳尾，水深連腳掌都淹不過，就遑論枯水期了。圳水尾端的田常常吃不到水，於是必需輪流用水。

待輪到時，我們的稻子往往也快渴死了。水圳流經的田地分屬族親，爲了用水，有時也會翻臉。爲免水圳潰堤，或是前方田主偸水。於是，輪到給水時，每一家都會巡水圳，即便是寒冷的深夜。

這塊水尾田，先天體質不良：靠河的一邊是常潰決的沙質地，另一邊是靠小山丘的硬土，太陽西斜後，便日照不足，加上後天供水困難，兩季稻作，收穫只能供我家八口四個月的主糧。其他八個月得糴米。

幾經思考後，爸爸想改種其他作物。但在祖父的理念中，稻田種水稻，那是天經地義不可違逆的事，世世代代也沒改變過。何況，種田時，米糧尚且不夠，不種田，那要吃甚麼？花更多錢買糧嗎？

當時，農會輔導農家種植茉莉花，爸爸有意跟進。爲了不忤逆祖父，爸爸曾想租一塊田來種。媽媽卻堅持要種在自家田裡，家庭革命於焉展開。掌管經濟大權的祖父，便以不買糧來迫使爸爸回心轉意。但，爸爸還是堅持。爲支持爸爸改種茉莉花，媽媽便去向熟識的糧行請求允許賒米。

茉莉花不似水稻這麼依賴圳水灌溉，收益又比水稻高。爸爸把一分多的田地全種了茉莉花。一段時間後，已可自行分株、壓條、插扦育苗。培育的花苗賣得很好，開始賺了一些錢，還可以還糧行與雜貨店的賒欠。

茉莉花也開始收成後，家裡情況便漸漸轉好。後來，祖父也接受爸爸的改變，在茉莉花盛產時，帶著我們幫忙摘花。

茉莉花性喜高溫，通常五月初綻，六月初開始採收，十月收尾。從節氣來說，是始於芒種，終於寒露。茉莉花是灌木，高約一公尺，小孩成了最佳童工，我從小一便開始摘花，直到高中畢業。七八月暑假是盛產期，我們童少時的黃金假期，可說是綁在花田裡度過的。

茉莉花綻放前，花苞由黃轉白，並在日落後綻放。花苞初綻時，香氣最濃，是製作香片的最佳狀態。花商只收將開未開的白色花苞，所以摘茉莉花只能在花即將開放的當天午後，「明日茉莉花」是沒有價值的，綻放的花朵，香氣已散，並且很快就凋萎落地，化爲春泥，輪迴於下一次的花季。

持續幾個鐘頭彎腰工作，無論烈日當空，或豪大雨，花都得在日落前摘完，其辛勞，只有親自參與過，才能體會。儘管如此，我們還是每天每天，不敢逃避的參與工作，那是我們的學費與生活日用的來源。而茉莉花的收入也的確改善了我們的經濟。

後來，爸爸在好友的慫恿鼓舞下，把所有的積蓄加上貸款拿去蓋工廠。從此，家用又開始緊縮，生活困窘。爸爸想方設法增加收入，便在水尾田的一角，蓋菇房種起洋菇。

菇房是以木竹搭蓋，裡面左右兩側各有五層菇床，外面鋪以稻草。菇房蓋好後，我看到一車車的稻草載來，來幫忙的叔伯，用大型鍘刀切稻草，鍘刀像中藥行切人蔘的裁刀，只是巨大多了，刀長約一公尺，必須一個大漢雙手操作，另一人抓著稻草甩入鍘刀切斷，一把稻草切成數段，切下來的稻草在菇房外堆成一座山。在堆砌稻草山同時，還得灑水，撒肥，讓稻草發酵成堆肥，那將是香菇成長過程的營養來源。

在發酵過程中，陽光是自然的催化劑，堆肥被曬出蒸氣，內裡有些則已發酵熟成，散發出一種奇特的味道。爲使堆肥充分發酵，還必須「轉堆」，那是靠人力一鏟一鏟的掘與拋。同時再灑水、施肥，盡量使肥份均勻。我站在旁邊拿著水管澆水，已感到高溫溼熱，汗水像小溪不斷流下，濕透衣褲，有些從眉眼四周滲入眼睛，有些也竄入嘴角。我只負責灑水已然汗濕全身，爸爸與叔伯們，站在冒著熱氣的堆肥上，每一鏟、每一抛，莫不使出全身之力，臉上的汗水已無暇擦拭，濕透的衣服黏在身上，乾脆脫去，赤裸的上身有無數的小溪汩汩，在堆肥濃重的蒸霧中，泛著油亮。

堆肥完成後，便要上架。菇房裡，五層菇床，全都要鋪上厚厚的堆肥，菇房裡只有幾扇小窗，堆肥上架時，散發的蒸熱無法排出，溫、濕度比堆肥轉堆時尤甚幾倍，簡直就是個大蒸籠，我只停留幾分鐘便感覺要窒息了，而趕緊跑出去透氣。在如此高溫高濕中工作幾個鐘頭吸不到足夠氧氣的爸媽與叔伯們，不知是以何等的耐力與毅力完成工作的？

鋪完堆肥後，種上洋菇菌種，幾日後，菌絲爬滿菇床，便可再鋪一層厚厚的紅土，菇房設的窗戶可以控制溫度，只要定時灑水，洋菇便會慢慢成長。

等待是必須的，雖然爸媽很急，急著要收入養家，但洋菇卻慢悠悠地長，每一天都過得好慢，讓我們等得好苦。

那時，我們兄妹正值高國中、國小，在家用窘迫下，餐桌上，常常是炒蘿蔔乾與幾大碗或炒或煮的自種蔬菜。有一次，爸爸夾起飯桌上比玉米粒還小的炒蘿蔔乾，說：「洋菇已經長這麼大了。」他主要是說給媽媽聽，也順便安慰我們：很快就會有收入了，到時便可以吃好一些了。我看媽媽，她眼眶泛淚，哽咽說道：「再不收成，孩子都快被你餓死了。」那是我在孩提時代，感受到家境窘迫最深刻的一段時間。我們沒有零嘴，也不敢要求盤有魚，碗有肉。爸媽的話，實在讓我心酸。

洋菇收成後要送去合作社，當天就要鋪貨上市，所以爸媽與祖父都是清晨四五點就開始工作。讀國一的我，與姊弟妹，也都得幫忙。一早離開溫暖的被窩，哈欠連連，踩著田邊的雜草露珠，不一會，鞋子就濕了。遇到強烈冷鋒過境，我們瑟縮地走在結著冰霜的草地上，踩碎的冰霜，喀嗤作響，手腳凍得幾乎失去知覺。還好，菇房邊的工作室，暖多了。

外表粉白圓胖、菇傘未開的洋菇，品級最高。爸媽摘下後，我們切。我們坐在工作室的小板凳上，手持特製小刀，準確地在菇柄離菇傘五公厘處切下帶土的菇頭。洋菇富於鐵質與蛋白質，離土後，就會慢慢氧化，因此我們幾乎是與時間賽跑。爸媽在五層菇床上弓背曲腰，伸長手臂摘菇，爲免在菇床上爬上爬下費時，我們也進出菇房，把爸媽摘下來的菇，送到工作室。

我們每一個動作都謹小愼微、斯文秀氣，以免傷了菇身。洋菇是嬌嫩的，粉白的菇身，拿取稍一用力便受傷，傷痕像瘀血，影響售價。

直到將近七點，堂姐妹們已經在上學的路上了，我們才速速起身，回家換裝吃早飯上學。我得連走帶跑，才不致遲到。

記憶中，種洋菇後，我們的餐桌上，才開始有洋菇。大多清炒，有時配以綠色的豌豆、芹菜、小黃瓜或紅黃色的甜椒，吃來脆爽甘甜。洋菇又稱蘑菇，那時髦的奶油蘑菇，蘑菇濃湯，焗烤蘑菇，蒜香蘑菇，蘑菇義大利麵……，是我到城裡讀書生活後才接觸到。那華麗的烹調方式，讓素樸的洋菇有了新風貌，身價也跟著翻漲。

在水尾田裝了抽水馬達後，供水已經不成問題了。爸媽持續在田裡種各種作物。待爸媽到了耄耋之年，體力衰退，已無力耕種，仍每天都要去田裡轉一轉，種一些簡單的四季瓜蔬。爸爸還在四周種幾棵木瓜、香蕉，一叢甘蔗。這樣，田地便不致過度荒疏。爸媽就算走不動了，還是不時催促我們過去照顧菜園。

老田寮溪與枋寮坑溪時有氾濫，洪水數度沖毀了田埂，水利局也數度幫我們修堤、固堤。田地便又完整了。

那一塊水尾田，也許並不值錢，但，我們曾用汗水灌溉過，它也老實地回報我們一家八口的溫飽，它曾是我們的希望所在。儘管我們早已不靠田產生活，那水尾田仍是爸媽心心念念所繫，家人盡心守護的資產，是要一代代地往下傳的寶。

日照枋寮坑溪

國|藝|會
NCAF 財團法人國家文藝基金會

作　　者　劉素霞

創 辦 人　沈登恩
總 編 輯　葉麗晴
執行編輯　廖淑華
排版設計　施建宇
封面設計　施建宇
校　　對　劉素霞．黃志誠

創 辦 人　沈登恩
出版發行　遠景出版事業有限公司
公司地址　新北市板橋區松柏街65號5樓
公司網址　www.vistaread.com
客服電話　02-2254-2899
傳　　真　02-2254-2136
法律顧問　世紀聯合法律事務所尤英夫律師

出版日期　2019年12月
I S B N　978-957-39-1096-1
定　　價　新臺幣290元整

日照枋寮坑溪 / 劉素霞作. -- 新北市 : 遠景,
2019.12
面； 公分
ISBN 978-957-39-1096-1(平裝)

863.55　　108020734

行政院新聞局登記證局版臺業字號第0105號

VISTA

VISTA

VISTA

VISTA